(Par Pierre de
Morand)

Yf 6728

TÉGLIS,

TRAGEDIE,

REPRÉSENTÉE

POUR LA PREMIERE FOIS

PAR

LES COMEDIENS ORDINAIRES DU ROY,

Le 19 Septembre 1735.

*Par Monsieur de M * * **

Le prix est de trente sols.

A PARIS,

Chez PIERRE RIBOU, vis-à-vis la Comédie Françoise, à S. Louis.

MDCCXXXV.

Avec Approbation & Privilege du Roy.

PRÉFACE.

I je me conforme à l'usage assez ordinaire, en mettant ici une Préface, ce n'est pas qu'enorgueilli par le succès de cette Piéce, je veuille apprendre avec emphase à ceux qui, dans quelques années, la pourroient trouver dans la poussiere de quelque Bibliothéque, qu'elle a obtenu les suffrages du Public; & prendre de-là occasion de tâcher de prouver, par de vains raisonnemens, qu'elle méritoit d'être encore plus applaudie.

Cet encens, qu'un Auteur offre à son amour propre, lui devient souvent plus funeste qu'il ne pense : ceux, entre les mains de qui tombe son Ouvrage, indignés de tant de vanité, ne le lisent que pour le critiquer; ou du moins trop prévenus en sa faveur, & trop préparés à être frappés par des traits admirables, sont fort surpris de le trouver au-dessous de l'idée qu'ils s'en étoient formée : & sans égard, alors, à l'approbation du Public, dont se vante l'Auteur, ils accusent celui-ci d'arrogance, & l'autre de mauvais goût.

Persuadé que je ne dois l'accueil favorable

ā

qu'a reçû ma Tragédie, qu'à l'indulgence qu'on
a euë pour un coup d'effai; & convaincu qu'on
m'a tout pardonné en faveur de quelque talent
qu'on a crû reconnoître en moi, je fuis bien éloi-
gné de penfer qu'on n'a fait que me rendre la
juftice qui m'étoit dûe, & que l'Ouvrage eft digne, par lui-même, des applauniffemens qu'on a
daigné lui accorder.

Je ne demandois du Public que de n'être pas
rebuté; il a fait plus; il m'a encouragé: trop fatis-
fait de fes bontés, jecroirois m'en rendre indigne,
fi je laiffois échapper l'occafion de l'affurer de ma
reconnoiffance. C'eft ce motif, qui, non feu-
lement, m'engage à faire une Préface, mais qui
me détermine encore à me faire imprimer. Il
eft vrai que je fuis raffuré par la premiere grace
qu'il m'a déja faite; je me flatte que, fe ref-
fouvenant des raifons qui l'ont defarmé en ma
faveur, il daignera lire la Piéce, avec le même
efprit qu'il l'a vûe repréfenter.

Je fçais bien qu'il exige de ma reconnoiffance d'autres marques que de foibles remercîmens:
mais plus il a eu de bontés pour moi, plus il me
faut de tems pour travailler à les mériter. J'y fe-
rai mes efforts; j'étudierai fon goût, je profiterai
de fes décifions: mais quelque foin que je puiffe
prendre, je ne compterai jamais que fur fes nouvelles graces, parce que je n'aurai rien oublié
pour me les attirer.

Je n'ai pas deffein non plus de répondre ici

aux diverses objections qui m'ont été faites : de
pareilles dissertations font presque toujours fort
inutiles, & font rarement revenir la victoire du
côté de l'Auteur. Elles prouvent seulement qu'il
se croit infaillible, & qu'il est assez orgueilleux
pour s'imaginer d'avoir fait un Ouvrage sans dé-
faut. La meilleure façon de répondre aux Cri-
tiques, c'est de tâcher de ne plus retomber dans
les mêmes fautes ; je suivrai cette maxime autant que je pourrai : Heureux, si voulant éviter
Caribde, je ne vais pas échouer dans *Scylla* !

Cependant comme le sujet de cette Piéce
n'est pas fort connu, on ne sera peut-être pas fâ-
ché que je le rapporte ici : & sans me parer d'u-
ne vaine érudition, j'avouerai de bonne foi que
le hazard me l'ayant présenté dans le Dictionnaire de Bayle, je crus y découvrir tout d'un coup
un fonds assez heureux pour une Tragédie. Mon
âge, & sur-tout la situation où étoit mon cœur,
me le firent envisager comme celui où je réussi-
rois le mieux. Je n'eus d'abord que le dessein de
me satisfaire moi-même, & de vaincre l'ennui,
où l'oisiveté & le séjour de la Province m'expo-
soient. Mais quelques amis auprès de qui je voulus me faire honneur de mes amusemens, m'ayant
excité à retoucher mon Ouvrage, étant ensuite
venu moi-même à Paris, on m'a engagé insensiblement de correction en correction, à le mettre
en état d'être hazardé sur le Théatre.

Voici l'article tel qu'on le trouvera dans le

Dictionnaire qui m'a fourni la premiere idée de la Piece, tome 3. pag. 2315. de l'édition de Rotterdam en 1720. au troisiéme art. *Pyrrhus.*

 » Pyrrhus Roy d'Epire, petit fils du préce-
» dent *, succéda à son pere Alexandre, & fut
» d'abord sous la tutelle de sa mere Olimpias.
» Sa minorité rendit les Etoliens assez injustes
» pour entreprendre de lui enlever une partie de
» l'Acarnanie..... Olimpias eut recours à Dé-
» metrius Roy de Macedoine; & pour l'enga-
» ger plus fortement à la secourir, elle lui don-
(a) *Justinus.* » na en mariage Phthie sa fille. L'Historien (a)
lib. XXVIII. » nous laisse là, sans nous apprendre d'autres
cap. I. & » suites du dessein des Etoliens, que l'irruption
seq. » qu'ils firent sur les frontieres de l'Epire au
» tems de Ptolomée, frere & successeur de no-
» tre Pyrrhus. Il faut qu'il y ait là du vuide; car
» sans doute il se passa quelques années entre la
» minorité & la mort de Pyrrhus. Quoiqu'il en
» soit, la Princesse Olimpias recourut à des
» moyens trop violens, quand elle voulut s'op-
» poser aux amourettes de son fils; car elle fit
(b) *Atheu.* » empoisonner une Maîtresse qu'il avoit. (b) A.
lib. XIII. » Ptolomée qui lui succeda ne lui survêcut pas
pag. 58). » beaucoup; leur mere les suivit bientôt, ayant
» été accablée de la perte de ses deux fils.
 Et dans les remarques.

» A. *Une Maîtresse qu'il avoit.* Elle étoit de

 * C'est celui qui s'est rendu fameux par ses Guerres contre les Romains.

» Leucade, & se nommoit Tigris. (4) M. de
» Boissieu (*b*) rejettant toutes les interprétations
» qu'on a données à ces deux vers d'Ovide,
»   *Utque nepos dicti, nostro modo carmine, regis*
»   *Cantharidum succos dante parente bibas.*
» a conjecturé qu'il s'agit là de notre Pyrrhus,
» & qu'Olimpias sa mere ne lui fit pas plus de
» quartier qu'à Tigris * sa concubine. Si cela
» est, Justin a été bien bon d'imputer la mort de
» cette Princesse au regret d'avoir perdu ses deux
» fils. Il ne faut pas donner un nom honorable
» au desespoir qui accableroit une mere bour-
» relée des remords de sa conscience, après
» avoir fait mourir son fils.

On voit par là qu'il n'est rien dans l'Histoire
dont je n'aye fait usage; & que rien de ce que
j'ai ajouté ne lui est contraire. Je crois plûtôt
avoir rempli le vuide dont se plaint M. Bayle,
& avoir concilié les deux Historiens & le Com-
mentateur d'Ovide, par le caractere que j'ai donné à Olimpias. J'en fais, selon Justin, la plus
tendre des meres; selon Athenée, une Reine qui
s'oppose avec vigueur à la folle passion de son
fils; & selon M. de Boissieu, je la rends du moins
la cause de la mort de son fils, par le desespoir où
elle le réduit en faisant mourir ce qu'il aime.
Pour qu'ils ayent raison tous trois, elle n'a pû agir
que de la façon, & par les motifs que je suppose.

* Je ne crois pas qu'on me blâme d'avoir changé ce nom, qui
ne convenoit guéres à une Héroïne de Tragédie & qui n'étois
pas fait pour des vers françois.

On voit encore, par ce peu que l'Histoire nous apprend de Pyrrhus, qu'il ne m'a pas été permis de le représenter autrement, que comme un Prince très-amoureux. Mon dessein a été de faire craindre, par son exemple, tous les égaremens où peut jetter l'amour lorsqu'il se rend maître d'un cœur : Pyrrhus lui sacrifie sa fortune, sa gloire, son devoir, son amitié pour son frere, son respect pour sa mere, sa vie même, & porta encore son amour jusqu'au-delà du trépas. J'ai voulu de même dans Sosthêne, dépeindre les égaremens de l'ambition ; & j'ai crû que la plus grande peine dont ils pourroient être punis, étoit de voir périr à leurs yeux & par leur faute, celle pour qui ils agissoient ; tandis que Ptolomée qui, immolant l'amour, & l'ambition à son devoir, fait le contraste de Pyrrhus & de Sosthêne, devoit être récompensé de son sacrifice, en obtenant tout ce que sa vertu lui faisoit céder.

Enfin je me flatte qu'en examinant le fond Historique & la Tragédie, on verra qu'il y a peut-être un peu d'art à les avoir si bien ajustez ensemble ; & qu'on jugera que je n'ai pas eu peu de peine à éviter de trop ressembler à *Rodogune*, à *Inez*, à *Andromaque*, à quoi me jettoit, malgré moi, mon sujet. C'est là une des principales raisons qui m'a empêché de donner plus d'étendue au rôlle d'Antigone ; & c'est peut-être ce qui m'a fait tomber dans la plûpart des défauts qu'on m'a reprochez.

TEGLIS,

TRAGEDIE.

ACTEURS.

OLIMPIAS, Reine d'Epire, *Mademoiselle Balicourt.*

PYRRHUS, fils aîné d'Olimpias, *M. Grandval.*

PTOLOMEE, frere de Pyrrhus, *M. Fleury.*

ANTIGONE, sœur de Démetrius, Roy de Macédoine, *Mademoiselle Grandval.*

SOSTHENE, Ministre d'Etat, *M. Sarrazin.*

TEGLIS, fille de Sosthêne, *Mademoiselle Gaussin.*

DORIS, Confidente de la Reine, *Mademoiselle Jouvenot.*

CEPHISE, Confidente d'Antigone, *Mademoiselle du Boccage.*

IPHIS, Confident de Pyrrhus, *M. Dubreuil.*

MITRANE, Capitaine des Gardes, *M. le Grand.*

SUITE *de la Reine.*

GARDES.

La Scéne est à Buthrote, Capitale d'Epire, dans le Palais des Rois d'Epire.

TEGLIS,

TEGLIS,
TRAGEDIE.

✱✱✱✱✱✱✱✱✱✱✱✱✱✱✱✱✱✱✱✱✱✱✱✱✱✱✱✱

ACTE PREMIER.

✛✛✛✛✛✛✛✛✛✛✛✛✛✛✛✛✛✛✛✛✛✛✛✛✛✛✛✛

SCENE PREMIERE.

PYRRHUS.

IMPETUEUX tranſports d'un amour
    ſans eſpoir,
Qui prenez, ſur mon cœur, un ſouve-
    rain pouvoir,
Funeſte ſouvenir, triſte & cruelle idée,
Dont toujours, en ſecret, mon ame eſt obſedée,
Ah! laiſſez-moi jouir d'un moment de repos;
Eloignez-vous, fuyez; vous redoublez mes maux!
Privé depuis un an de l'objet que j'adore,
Pourquoi m'en occuper, & me l'offrir encore?

A

La gloire me doit feule animer en ce jour ;
Il eft tems de bannir un inutile amour.
Non, ne balançons plus : que ma flâme étouffée,
D'un vertueux effort, foit le premier trophée ;
Que les appas du trône arrachent de mon cœur,
Ce tirannique amour, qui fait tout mon malheur !
Inutiles projets d'un amant déplorable !
En vain je veux dompter un amour qui m'accable,
Je conferve toujours l'image de Téglis ;
Des plus vives ardeurs mon cœur toujours épris,
Ne trouve de plaifir qu'à rappeller fes charmes,
Je n'ai d'autre douceur que de verfer des larmes.
Sans être criminel, Dieux ! dois-je être puni ?
Contre moi le deftin, à l'amour, s'eft uni :
Ai-je pû réfifter à des coups fi terribles ?
Quels cœurs à tant de traits peuvent être invincibles ?

SCENE II.

PYRRHUS, IPHIS.

IPHIS.

VOus verrai-je toujours inquiet, confterné,
    Aux plus fombres chagrins, fans ceffe abandonné?
Quoi ! la gloire, aujourd'hui qui vous eft préparée,
Ne peut-elle vous rendre une paix défirée ?

Une Mere, une Reine, écoutant son devoir,
Va vous remettre ici, le souverain pouvoir;
Et comblant les souhaits d'un peuple qui vous aime,
Avec un digne hymen, vous offre un diadême.
Quel ennui peut encor, Seigneur, vous accabler ?
Des objets si flatteurs peuvent-ils vous troubler ?

PYRRHUS.

Toi, qui sçais dans quels maux un triste amour me plonge,
Peux-tu me demander le chagrin qui me ronge ?
J'ai perdu le seul bien, que mon cœur estimoit,
Iphis, & j'ai perdu le seul cœur qui m'aimoit !

IPHIS.

Quoi, toujours de Téglis l'image vous possede,
Aux loix d'un vain amour votre fermeté cede ?
En vain j'ai parcouru mille divers climats,
Je n'ai pû découvrir ni son sort, ni ses pas.

PYRRHUS.

Les Dieux ne vouloient pas, Iphis, t'en rien apprendre :
Ah ! si par son retour, ils daignoient me surprendre...
Mais hélas ! vain espoir, qui toujours me séduit !
Qu'attendrois-je des Dieux, leur haine me poursuit.

IPHIS.

Ah ! Seigneur, étouffez une cruelle flâme,
Que d'autres feux enfin régnent seuls dans votre ame,
Et loin d'oser, du Ciel, accuser le courroux,
Reconnoissez l'effet de ses bontés pour vous.

Vous ne l'ignorez point : la Reine votre mere,
Par la derniere loi de votre augufte pere,
Peut, entre fes deux fils, élire un fuccefleur,
Et nommer Ptolomée, ou vous, à cet honneur.
Mais celui que fon choix placera fur le trône,
Seigneur, doit époufer la Princefle Antigone ;
La Reine l'a promis ; & depuis en ces lieux,
Cette Princefle attend un hymen glorieux.
Auriez-vous préféré Téglis au rang fuprême,
Ne pouvant, fur fon front, mettre le diadême,
Ou, content de regner, d'un rival plus heureux,
Auriez-vous pû fouffrir qu'elle comblât les vœux ?

- P Y R R H U S.

Que ne puis je, aux dépens du fceptre & de la vie,
La revoir en des lieux, où l'on me l'a ravie !

I P H I S.

Seigneur ! . . . . mais cependant quel eft votre deffein,
D'Antigone en ce jour recevrez-vous la main ?

P Y R R H U S.

Hélas !

I P H I S.

Quoi ! . . . . . .

P Y R R H U S.

L'époufer ! grands Dieux !

I P H I S.

Tout vous en preffe.

PYRRHUS.

Eh le pourrois-je, Iphis, sans mourir de tristesse ?
Mon cœur. . . . . . .

IPHIS.

Puisque Téglis ne peut plus être à vous,
D'Antigone, Seigneur, daignez être l'époux.

PYRRHUS.

Dans quels regrets mon ame, ô Dieux ! seroit plongée,
Si lorsqu'ailleurs ma main se seroit engagée,
Téglis se présentoit à mes yeux éperdus,
Et me redemandoit des feux qui lui sont dûs ?

IPHIS.

C'est nourrir trop long-tems une vaine espérance,
Seigneur ; . . . mais en ces lieux, votre frere s'avance.

SCENE III.

PYRRHUS, PTOLOMÉE, IPHIS.

PTOLOMÉE.

Enfin c'est en ce jour qu'immolant sa grandeur,
La Reine, à notre pere, élit un successeur.
Et l'on dit que ce choix, dicté par sa tendresse,
Rend la justice dûe à votre droit d'aînesse.

A iij

Je ne viens point ici, trop jaloux de ce rang,
Vous montrer un dépit indigne de mon sang;
J'y viens, malgré l'orgueil d'une haute naissance,
Vous assurer, Seigneur, de mon obéissance.
Par le trône, à la gloire on peut bien parvenir;
Mais elle est toujours sûre à qui sçait obéir.

PYRRHUS.

C'est ainsi qu'un grand cœur, quelque prix qu'il en coute,
De la gloire toujours sçait se fraïer la route:
Mais la tendre amitié, qui, par ses plus doux nœuds,
Dispose de nos cœurs, & nous unit tous deux,
Vous a-t'elle permis, mon frere, d'oser croire
Qu'à sçavoir obéir, je bornois votre gloire?
Avez-vous pû penser qu'un ami, tel que moi,
Trouvât quelque douceur à vous donner la loi?
Ah! qu'un pareil soupçon m'est un cruel supplice!
Rendez à votre frere un peu plus de justice;
Croyez que la couronne est pour lui, sans appas,
D'abord qu'à ses côtés, vous ne regnerez pas.
Non, vous ne verrez point un frere qui vous aime,
Oser monter sans vous à cet honneur suprême....
La Reine vient; son choix va sans doute éclater:
De mes vrais sentimens, vous ne pourrez douter,

SCENE IV.

OLIMPIAS, PYRRHUS, PTOLOME'E, IPHIS, MITRANE, *suite de la Reine*, *Gardes*, &c.

OLIMPIAS. *Elle s'affeoit, & les Princes à fes côtés.*

PRenez place, mes fils; & vous (*a*) qu'on fe retire.
(*a*) A fa fuite.

SCENE V.

OLIMPIAS, PYRRHUS, PTOLOME'E.

OLIMPIAS.

ENfin voici le jour, qui doit, de cet Empire,
Affurer le bonheur, & fixer le deftin,
En lui donnant un Roy couronné de ma main.
Pour vous placer au trône, il eft tems d'en defcendre;
Il ne m'appartient pas; & je viens vous le rendre.
Mais je trouve dans vous deux fils dignes de moi;
Je vous trouve chacun digne d'être mon Roy:
C'eft ce mérite égal qui me gêne & me trouble;
A voir tant de vertus, mon embarras redouble;

Vous vous montrez tous deux dignes de commander;
Mon amour tremble, héſite, & n'oſe décider.
Il faut pourtant, il faut qu'en ce jour je prononce:
Ma gloire, ſur ce choix, exige ma réponſe;
Je la dois à l'Epire, à l'Univers, à vous,
Aux ordres d'un Monarque, aux manes d'un époux;
Impatient de voir l'effet de ma promeſſe,
Par ſes Ambaſſadeurs, Démétrius m'en preſſe:
Et quand ce ſeul motif, Princes, l'exigeroit,
Pour me déterminer enfin, il ſuffiroit.
A peine, ſous les coups de la parque cruelle,
Votre pere plongé dans la nuit éternelle,
A ſon trône, en mourant, ne laiſſoit pour appui,
Que deux fils hors d'état de regner après lui,
Qu'eſpérant profiter du tems de votre enfance,
Les fiers Etoliens arment en diligence;
Les cruels dans l'Epire entrent de toutes parts,
Et déja, ſous leurs coups, tombent mille remparts,
Rien ne peut réſiſter: toute l'Acarnanie,
Bien-tôt à leurs Etats, eût été réunie.
Au Roy de Macedoine, auſſi-tôt j'ai recours;
Dans ce péril preſſant, j'implore ſon ſecours:
Soſthêne, auprès de lui, chargé de l'ambaſſade,
Au gré de mes deſirs, enfin le perſuade.
Démétrius conſent à ſervir mon courroux,
Et même, de ma fille, il veut être l'époux;

Il veut que je promette à sa sœur Antigone,
Que ce fils, par mon choix, élevé sur le trône,
Avec elle unira sa gloire, son destin,
Et ne deviendra Roy qu'en lui donnant la main.
Avec empressement, je signai ces promesses:
De ce Roy généreux, les armes vengeresses
Me défirent bien-tôt de tous mes ennemis ;
Je les vis, par ses coups, abatus & soumis.
La moitié du traité, dès lors, fut accomplie;
Avec Démétrius votre sœur fut unie ;
Et la sienne aussi-tôt amenée à ma Cour,
Vint, de son himénée, attendre l'heureux jour.
Je croi que cet himen, où ma foi vous engage,
Vous fait voir, à regner, un nouvel avantage:
Mais telles, de mon sort, sont les cruelles loix,
Qu'il faut qu'un seul des deux tienne tout de mon choix;
Que, malgré mes souhaits, que, malgré ma tendresse,
Un seul doit obtenir le trône & la Princesse.
Mais aussi le destin a soin de désigner
Lequel de vous, mes fils, je dois faire regner:
Si je puis, sans égard au droit de la naissance,
Au plus digne des deux, donner la préférence,
Voyant même vertu d'un & d'autre côté,
Par ce droit seul, le choix me doit être dicté.
C'est donc à vous, Pyrrhus, qu'est dû le diadême;
Que l'Epire bien-tôt vous admire, vous aime,

Et secondant enfin mes souhaits les plus doux,
D'Antigone, en ce jour, soyez l'heureux époux,

PYRRHUS.

Ce n'est point le destin, qui, dans ce rang, me place,
A vos seules bontés, je dois en rendre grace,
Madame: mais pourquoi hâtez-vous ce grand jour,
Où le Sceptre devient un don de votre amour ?
Pensez-vous qu'éblouï de la grandeur suprême,
J'envie à votre front l'honneur du diadême !
Non, l'unique desir digne de votre fils,
Est d'atteindre au grand nom que vous avez acquis.
Ah ! souffrez que mon cœur, instruit par votre exemple,
Se forme à des vertus, que l'Univers contemple.

OLIMPIAS.

Si j'avois pû penser, Prince, que votre cœur
Eût été lâchement jaloux de ma grandeur,
En vain le sort, pour vous, m'auroit voulu séduire,
Je n'aurois, en vos mains, jamais remis l'Empire.
Mais qui, d'un beau devoir, cherche à suivre la loi,
Qui n'en veut qu'à la gloire est digne d'être Roy.
Un si noble desir dans votre cœur domine,
Mon fils, montez au trône, où mon choix vous destine.

(à Ptolomée.)

Je crois que sans regret, Prince, vous allez voir
Dans les mains de Pyrrhus, le souverain pouvoir :

Aux ordres d'une Reine, à la gloire d'un frere ,
Un Prince tel que vous ne fera pas contraire ;
J'ai lieu de m'en flatter, je le dois efpérer ,
Par toutes les vertus qui vous font admirer.
Si , fecondant les vœux de mon amour extrême ,
Sur ma tête , le Ciel laiffoit un diadême ,
Pour vous én couronner , je m'en dépouillerois ,
Qu'avec ardeur , mon fils , je vous le céderois ;
Mais je me vois réduite en cet etat funefte ,
Q'une amitié ftérile eft tout ce qui me refte.

PTOLOME'E.

Et ce refte fi doux eft tout ce que je veux :
Il me fuffit , Madame , & me rend trop heureux.
Quelque prétention que j'euffe à cet Empire ,
Je n'efpérai jamais de regner en Epire :
Prévenu qu'à Pyrrhus cet honneur étoit dû ,
A demeurer fujet je m'étois attendu ;
Loin de voir fa puiffance avec un œil d'envie ,
Je voudrois la défendre au péril de ma vie.

PYRRHUS.

Mon frere, vous fçavez que ma tendre amitié ,
Vous a fait, de ce trône , efpérer la moitié :
Vous même difpofez de la premiere place ;
Pour prix de mon amour, j'exige cette grace ;
Et, de la Reine , ainfi fecondant les fouhaits.
Tous trois, en ce grand jour, nous ferons fatisfaits.

OLIMPIAS.

Dans cet inſtant, mes fils, que mon ame eſt ravie !
O mére trop heureuſe ; ô ſort digne d'envie !

   (*en ſe levant.*)

Mais, ſelon vos deſirs, je ne puis diviſer
Un rang dont, pour tous deux, je voudrois diſpoſer.
Ce ſeroit renverſer les loix de cet Empire ;
Et détruire peut-être un amour que j'admire.

   (*à Pyrrhus.*)

Nos peuples, de vous ſeul doivent prendre des loix :
Je vais dès ce moment leur annoncer mon choix ;
Et dégageant enfin une auguſte promeſſe,
Remplir en même-tems les vœux de la Princeſſe.
Mon fils, pour cette fête, allez tout préparer ;
Dans le Temple bien-tôt, il faut la célebrer.
Par votre empreſſement à vous montrer fidéle
Aux ſermens que pour vous a prononcé mon zéle,
Inſtruiſez l'Univers combien vous reſpectez
La foi des Souverains, & l'honneur des traités.

SSSSSSSSSSSSSSSSSSSSSSSSSSSSSSSSSSSSSSSSSSSSSS

SCENE VI.
OLIMPIAS, DORIS.
OLIMPIAS.

Vien, ma chére Doris, prendre part à ma joïe!
Que mon cœur tout entier, à tes yeux, se déploïe!
Mes soins, enfin mes soins, ne sont pas superflus :
Je ne crains plus Téglis; je couronne Pyrrhus.

DORIS.

Je le dois avouer; ma surprise est extrême!
Eh quoi! vous renoncez, Madame, au diadême!
Tranquiles sous vos loix, vos peuples & vos fils,
A vos moindres desirs, sont toujours plus soumis;
Charmés de voir en vous la suprême puissance,
Ils font tout leur bonheur de leur obéïssance :
Quand rien ne vous en presse, eh pourquoi qu ittez-vous
Un rang, dont votre cœur paroissoit si jaloux?

OLIMPIAS.

Oui, Doris, il est vrai : mon ame ambitieuse
N'aspiroit autrefois qu'à la douceur flateuse
De régler à son gré, de tenir en ses mains
Le repos, le bonheur & les jours des humains :
Mais à peine, à ce rang, hélas! suis-je montée,
Que, de son vain éclat, je me suis dégoutée;

Je me suis vûe en proye à des troubles affreux.
Ah ! Doris, quels écueils pour un cœur vertueux !
Des vils adulateurs la troupe facrilége ;
Est fans ceffe, d'un Roy, le malheureux cortége :
Leur foin eft d'ériger fes vices en vertus,
De lui cacher les maux des peuples abatus ;
La vérité tremblante, en butte à leurs outrages,
Ne fe montre jamais, à fes yeux, fans nuages ;
Il couronne le vice, en voulant l'abaiffer,
Et profcrit la vertu, qu'il croit récompenfer.
Des plus nobles défirs, aujourd'hui je m'enflâme,
A de plus doux objets, j'abandonne mon ame :
Je cherche le bonheur d'un peuple obéïffant,
Et la grandeur d'un fils vertueux, bienfaifant :
A ces fublimes foins, que la gloire m'ordonne,
J'immole avec plaifir, l'honneur d'une couronne.

DORIS.

Quand votre ordre fecret fit enlever Téglis,
Et d'un coup fi terrible, étonna votre fils,
Je crus que, pour garder la grandeur fouveraine,
Vous aviez fait, contre elle, éclater votre haine,
Que votre ambition vous armant de rigueur......

OLIMPIAS.

Que tu pénétres mal dans le fond de mon cœur !
Mon amour pour mon fils, le bonheur de l'Epire,
Sont les feules raifons qui la firent profcrire.

Pyrrhus n'avoit dès yeux que pour voir ses apas,
Il me cachoit ses feux : je ne m'y trompai pas;
Je m'aperçûs bien-tôt du secret de son ame,
Et prévis les effets de cette indigne flâme.
Je craignis que, contraire à mon juste dessein,
D'Antigone, Pyrrhus ne refusât la main;
Ou plûtôt, je craignis que, pour monter au trône,
Se livrant, sans amour, à l'hymen d'Antigone,
A la seule Téglis, il ne gardât ses vœux.
Je redoutai d'abord les desordres affreux,
Où se trouve plongé le malheureux Empire,
Dont le Prince se livre à l'amour qui l'inspire.
Il ne fait plus regner la justice & les loix;
Une femme, en son cœur, en étouffe la voix;
Elle règle l'état au gré de son caprice,
De son ambition, & de son avarice;
Les emplois, les honneurs ne se dispensent plus
A la haute naissance, aux talens, aux vertus,
Ils sont en proye à ceux, qui peuvent satisfaire
A la cupidité de son cœur mercénaire;
Et cette Idole enfin persécute à jamais
Qui, bravant le pouvoir qu'ont surpris ses attraits,
Ose lui refuser un solemnel hommage,
Et lui ravir l'encens qu'elle croit son partage.
Ah ! devois-je exposer mon peuple à tant de maux,
Doris, quand je pouvois assurer son repos?

Mais quand même Téglis n'eût pas caufé ma peine,
Eh quoi, n'avois-je rien à craindre de Softhêne ?
Je le connois trop bien; fous les plus beaux dehors,
Il cache adroitement d'ambitieux tranfports :
Il auroit tout tenté pour couronner fa fille,
Ou pour porter la guerre au fein de ma famille.
Il eft chéri du peuple, & des grands eftimé;
Falloit-il rien de plus à mon cœur allarmé ?
Ainfi, diffimulant ma crainte & ma colere,
Par les plus grands bienfaits, je m'affurai du pere,
Et mon ordre en fecret, dans l'ombre de la nuit,
Fit enlever Téglis fans obftacle & fans bruit.
Je n'ai point oublié les marques de ton zéle;
J'en garderai toujours un fouvenir fidéle;
Mon projet fut, par toi, fi bien exécuté,
Tu me fervis fi bien qu'aucun ne s'eft douté,
Que j'euffe quelque part à cette violence;
Je promis à Softhêne une prompte vengeance,
Je voulus.....

SCENE

SCENE VII.

OLIMPIAS, DORIS, MITRANE,

MITRANE.

UN Vaiffeau vient d'arriver au Port.
Madame ; mais à peine a-t-il touché le bord ,
Qu'on a cru voir Téglis, & qu'on l'a reconnue ,
Elle va , dans ce jour , paroître à votre vûe.

OLIMPIAS.

(à part.)
Qu'entens-je ! Quel fecours a pû la conferver ,
(à Mitrane.)
O Dieux !.. Sçait-on comment elle a pû fe fauver ?

MITRANE.

L'on n'en dit rien : bien tôt par un récit fidéle ,
Vous pourrez d'elle-même ....

OLIMPIAS.

Allez.

SCENE VIII.
OLIMPIAS, DORIS.
OLIMPIAS.

QUelle nouvelle !
Du fuccès de mes foins, Dieux, étiez vous jaloux !
Pour nous la ramener, quel tems choififfez-vous !
Encor quelques inftants, ne pouviez-vous attendre ?
Ah ! que je crains, Doris, que pour elle trop tendre,
Pyrrhus ne fonge . . . avant qu'il la puiffe revoir,
Courons hâter l'hymen qui fait tout mon efpoir.

DORIS.

Et s'il le refufoit ?

OLIMPIAS.

Il n'ofera peut-être !
Mon cœur, de fes tranfports, ne feroit pas le maître :
J'en ai trop fait . . . . malheur à cet objet, Doris,
Par qui fe détruiroit la gloire de mon fils.

Fin du premier Acte.

ACTE II.

SCENE PREMIERE.

ANTIGONE , CEPHISE.

CEPHISE.

Adame , où courez-vous , d'où naiſſent ces
allarmes ?
Quel trouble vous ſaiſit ? quoi, vous verſez
des larmes !

La couronne autrefois attiroit tous vos vœux ;

Quand, de la recevoir, brille l'inſtant heureux,

Quel chagrin dévorant, ô ciel ! vous inquiéte ?

ANTIGONE.

Hélas ! jamais un cœur ſçait-il ce qu'il ſouhaite ,

Céphiſe ? Dans ces lieux conduite pour régner,

J'attendois l'heureux jour de me voir couronner ;

Cet eſpoir me flattoit ; mon cœur ſe plaignoit même ,

Qu'Olimpias tardât à rendre un diadême,

Qui n'eſt, depuis long-tems, qu'en dépôtſur ſon front,

Et, d'un plus long délai, je redoutois l'affront.

B ij

En ce jour, à mes vœux, elle vient de se rendre,
Céphise; & je voudrois qu'elle pût le reprendre:
Quel coup de foudre, ô Ciel! que deviendrai-je, helas!

CÉPHISE.

Je vous entens, le sceptre a pour vous des appas;
Mais, du choix de la Reine, à présent allarmée,
Vous vouliez, avec vous, voir régner Ptolomée.
C'est là . . .

ANTIGONE.

De mon destin, tu vois la cruauté;
Le seul bien dont mon cœur pouvoit être flaté,
Je le perds!

CEPHISE.

Quoi! Pyrrhus, ce Prince jeune, aimable,
Lui, que mille vertus doivent rendre estimable . .

ANTIGONE.

Céphise, en arrivant dans ces funestes lieux,
Je n'eus d'autre desir que de plaire à ses yeux;
Et bien-tôt, pour Téglis, je reconnus sa flâme.
Le dépit aussi-tôt s'empara de mon ame;
Mais, à de dignes soins, abandonnant mon cœur,
Je l'occupois enfin de gloire & de grandeur;
Je ne songeois qu'au trône; & cependant son frere,
Presque insensiblement, trouvoit l'art de me plaire;
Et je ne reconnois qu'il s'est fait adorer,
Qu'en ce fatal moment qui va m'en séparer.

CEPHISE.

Votre fort eſt cruel, mais reprenez, Madame,
Ces deſirs de régner, ſeuls dignes de votre ame.

ANTIGONE.

Ah ! de l'amour ſur moi, quel que ſoit le pouvoir,
Ne crois pas qu'il balance un moment mon devoir :
Faite pour commander, je ſçai qu'une Princeſſe
Ne doit point écouter une vaine tendreſſe :
Un cœur tel que le mien ne ſuit que les grandeurs ;
Tout ce que peut l'amour, c'eſt d'en tirer des pleurs.
Mais ô Ciel ! quel objet ! Que mon ame eſt émue !
Allons, Céphiſe ...

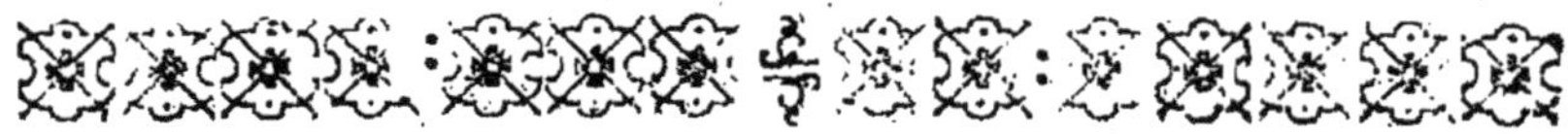

SCENE II.

ANTIGONE, PTOLOME'E, CEPHISE.

PTOLOME'E.

EH quoi, vous fuyez à ma vûe ?

ANTIGONE.

Pyrrhus eſt votre maître ; il ſera mon époux ;
Notre ſort eſt réglé : que me demandez-vous ?

PTOLOME'E.

Croyez vous qu'accablé des coups de la fortune,
J'aille vous fatiguer d'une plainte importune !

B iij

Celui qu'un fort propice a comblé de faveurs
Plaint peu les malheureux en bute à fes rigueurs,
Madame, je le fçai ; mais auffi fans murmure,
Mon cœur fçait, du deftin, recevoir une injure :
De la grandeur d'un frere, il ne s'irrite pas ;
Et la couronne en vain brille de mille appas.
Sa perte ne fait point mon plus cruel fupplice :
Eft-ce là le feul bien que ce jour me raviffe ?
        ANTIGONE.
Que dites-vous, Seigneur !
        PTOLOME'E.
              Pardonnez ce tranfport,
Madame, à la rigueur de mon funefte fort :
Lorfque j'ai tout perdu, daignez au moins entendre,
Jufques à quel excès mon malheur peut s'étendre ;
Lorfqu'il faut pour jamais me féparer de vous,
Reconnoiffez du moins le pouvoir de vos coups.
Que Pyrrhus eft heureux ! non de monter au trône ;
Mais, hélas ! d'obtenir la charmante Antigone ?
Les Dieux me font témoins, fi j'aurois fouhaité
D'autre bien, d'autre honneur, d'autre félicité !
Ah ! qui connoît le prix d'un cœur tel que le vôtre,
Peut-il, s'il le pofféde, en defirer quelqu'autre ?
        ANTIGONE.
Vous auriez dû, Seigneur, contraindre votre feu ;
Et ne pas hazarder ce téméraire aveu.

Je ne veux pas pourtant accroître votre peine ,
Ni me ressouvenir que je suis votre Reine ;
Et pour la soulager , je vous dirai bien plus :
Je prends part à vos maux ; j'estime vos vertus ;
Du thrône , de ma main , si j'eusse été maîtresse ,
Peut-être que sensible à l'ardeur qui vous presse ,
Mon cœur, pour vous , Seigneur , eût pû se déclarer.

PTOLOME'E.

Ah , Madame . . .

ANTIGONE.

Arrêtez , & cessez d'espérer.
Vous connoissez les loix, où nos traités m'obligent ,
Et ce que ma vertu , ce que ma gloire exigent ;
Etouffez un amour qui blesse ce devoir;
Et commencez surtout par ne me plus revoir.

SCENE III.

PTOLOME'E *seul.*

SErois-je aimé , grands Dieux ! eh , puis-je m'y
    méprendre ?
Que fais-je... hélas! pourquoi chercher à le comprendre!
Pourquoi , dans mon malheur, me voudrois-je assûrer
D'un retour, qui ne peut que me desespérer ?

B iiij

Je ne dois deſormais travailler qu'à t'éteindre ,
Fatal amour !… mais quoi, ſuis-je le ſeul à plaindre ?
Mon frere, dans ce jour, eſt-il moins malheureux !
Lorſque le Ciel enfin rend Téglis à ſes vœux,
À ſa gloire , à l'honneur du ſerment qui nous lie,
Ne faut-il pas qu'auſſi Pyrrhus ſe ſacrifie ?
Obſervons ſes deſſeins , & ceux d'Olimpias ,
Ceux de Téglis… ſon pere ici porte ſes pas :
Il cherche cet objet qui coûta tant de larmes ;
De leurs premiers tranſports , je troublerois les char-
    mes ,
Il le faut éviter.

§§§§§§§§§§§§§§§§§§§§§§§§§§§§§§§§§§§§§

SCÉNE IV.

SOSTHENE *ſeul.*

L'Ai-je bien entendu !
À ce bonheur ſi grand , me ferois-je attendu !
Je reverrois Téglis ? quelle main ſecourable
Pourroit ſécher les pleurs d'un pere déplorable ?
Mais c'eſt un faux rapport ! elle ne paroît pas ;
Déja, vers ce palais, elle eût porté ſes pas.
Je cours de tous côtés & rien ne ſe préſente !
Ah! je la vois… grands Dieux, vous comblez mon attente!

SCENE V.
SOSTHENE, TEGLIS.

TEGLIS.

AH! Seigneur, permettez.....

SOSTHENE.

     Ah, ma fille ! c'eſt vous ?
Que cet embraſſement, que ce retour m'eſt doux ?
Ah, Dieux ! qu'en renvoyant une fille ſi chere,
Je ſens, avec tranſport, la douceur d'être pere !
Par ta préſence, enfin mes vœux ſont exaucés ;
Et, de mon ſouvenir, mes maux ſont effacés.

TEGLIS.

Dans ce tendre moment, je n'ai pas moins de joïe !
Et je rends grace au Ciel du bonheur qu'il m'envoïe.

SOSTHENE.

Ah ! de combien de cris, de combien de regrets,
Ai-je fait rétentir les murs de ce Palais !
Mais par quel coup fatal vous avois-je perdue,
Et par quel heureux ſort m'êtés-vous donc rendue ?

TEGLIS.

Je revenois du Temple, où, non loin de ces lieux,
On offre ſon hommage au Souverain des Dieux ;

Déja l'affreuſe nuit, développant ſes ombres,
Couvroit tout l'Univers des voiles les plus ſombres,
Et, des flambeaux des Cieux, déroboit la clarté.
Cléonice & Phœnix marchoient à mon côté :
Juſtes Dieux ! des cruels, dans un lieu ſolitaire,
Oſent porter ſur nous une main téméraire ;
Et tandis que les uns s'oppoſent à nos cris,
D'autres, nous enlevant dans leurs bras ennemis,
Nous privent auſſi-tôt de la douce eſpérance,
De trouver du ſecours contre leur violence.

SOSTHENE.

Grands Dieux ! ne pouviez-vous, en ce fatal moment,
Connoître les auteurs de cet enlevement ?

TEGLIS.

Ils m'étoient inconnus : la nuit & le ſilence
Enhardiſſoient encor leur coupable inſolence.
Ils nous traînent ainſi juſques dans un vaiſſeau,
Qui fend, dès notre abord, l'humide ſein de l'eau ;
Et le vent, des cruels, ſecondant la furie,
Preſqu'auſſi-tôt, l'Epire, à nos yeux, eſt ravie.
De mes cris redoublés, rétentiſſent les airs ;
Je tente de m'ouvrir un tombeau dans les mers :
On s'oppoſe aux efforts de mes vives allarmes ;
Mais on ne peut tarir la ſource de mes larmes.
Notre vaiſſeau flottoit au gré de leurs deſirs,
Et leur perfide joïe irritoit mes ſoupirs.

Après un mois enfin, de leur prison obſcure,
Tous les vents échapés ſoulevent la nature :
Sous un nuage épais, le ſoleil s'obſcurcit,
Et plonge l'Univers dans une horrible nuit :
Les élémens, entre eux, ſe déclarent la guerre ;
L'air ne raiſonne plus que du bruit du tonnerre ;
Avec fureur, le feu, de ſon ſéjour, deſcend,
Il fait bouillonner l'onde & s'y perd à l'inſtant ;
L'eau s'irrite à ſon tour, ſe mutine & s'élance
Juſques aux régions où le feu prend naiſſance ;
Notre vaiſſeau devient, en ce déſordre affreux,
De l'eau, du feu, de l'air, le jouet malheureux :
Par des rochers aigus, dans cette nuit profonde,
Le navire briſé ſe diſperſe ſur l'onde.
Mais touché du péril qui menace mes jours,
Le fidéle Phœnix accourt à mon ſecours ;
Et bien-tôt par ſes ſoins j'aborde le rivage,
Qui nous ſauve tous deux d'un malheureux naufrage.

SOSTHENE.

Quel bientfait, juſte Ciel !

TEGLIS.

     Sur ces bords écartés,
Mes jours couloient, de trouble & d'horreur, agité
Le ſort, après un an, y conduit un navire,
Qui, reprenant bien-tôt la route de l'Epire,

M'a fait revoir des lieux à mon cœur si charmans,
Et me laisse jouir de vos embrassemens.

SOSTHENE.

Je ne puis revenir de ma surprise extrême !
Et j'adore, des Dieux, la clémence suprême ;
Ils ont, en ta faveur, signalé leur pouvoir ;
Et leur bonté pour moi surpasse mon espoir.
Je veux, pour reconnoître un secours si propice,
Ordonner, pour demain, un pompeux sacrifice.
Pourquoi le zéle ardent dont je me sens brûler,
Dès l'instant, ne peut-il, grands Dieux, se signaler ?
Mais l'hymen solemnel & la superbe fête,
Qui, dans cet heureux jour, se publie & s'apprête,
De ma reconnoissance, éloigne un juste effet.

TEGLIS.

Quel hymen, quelle fête, arrête ce projet ?

SOSTHENE.

Pyrrhus monte aujourd'hui sur le trône d'Epire ;
Olimpias le nomme héritier de l'Empire ;
Et, dans le même tems, achevant un traité,
Du sang Etolien, tant de fois, cimenté,
Ma fille, il va donner la main à la Princesse.

TEGLIS *bas.*

Voilà le coup affreux que craignoit ma tendresse !
Ciel !

SOSTHENE.

Je vais chez la Reine, & dois, de ton bonheur,
Lui faire part, ma fille.

TEGLIS, *avec trouble.*

A la Reine, Seigneur!

SOSTHENE.

Quel trouble vous saisit!

TEGLIS.

Pensez-vous qu'avec joïe,
Dans l'Epire, Seigneur, la Reine me revoïe?
Quel autre......

SOSTHENE.

Quel soupçon tu me fais concevoir!
Tu croirois.... par l'accueil que j'en vais recevoir,
Je verrai si ta crainte est justement placée,
Et je vais pénétrer au fond de sa pensée.

SCENE VI.

TEGLIS *seule.*

ENfin il est donc vrai, je n'arrive en ces lieux
Que pour être témoin d'un hymen odieux?
Ah! du moins si l'ardeur de monter sur le trône
Le déterminoit seule à l'hymen d'Antigone,
Si son cœur..... mais il vient....

SCENE VII.

PYRRHUS, TEGLIS.

PYRRHUS.

Est-il vrai, justes Dieux !
Téglis, je vous revois ! Puis-je en croire mes yeux ?

TEGLIS.

N'en doutez point, Seigneur; oui, c'est Téglis, c'est elle,
Que ramene en ces lieux la fortune cruelle.

PYRRHUS.

Que dites-vous, que vois-je ! ô ciel, quelle froideur,
Madame ! me revoir, c'est pour vous un malheur !
Eh quoi, dans ce moment qui me comble de joïe,
M'enviez-vous le bien qu'un fort heureux m'envoïe !
Ouvrez les yeux, voyez Pyrrhus à vos genoux,
Pyrrhus, dont le bonheur est de vivre pour vous ;
C'est le plus tendre amant qui toujours vous adore,
Dont le fort est trop doux, si vous l'aimez encore.

TEGLIS.

Ce n'est plus à l'amour, Seigneur, de vous toucher ;
A de plus nobles soins, il faut vous attacher:
La gloire vous destine une plus digne épouse,
Suivez ses loix; Téglis n'en sera pas jalouse.

PYRRHUS.

Qu'entens-je ! quoi, Madame, oferiez-vous penfer
Qu'une autre, de mon ame, ait pû vous effacer !
Quoi, vous foupçonneriez qu'à l'abfence infenfible,
Mon cœur, d'une autre flâme, ait été fufceptible ?
Eft-ce donc là le prix dont vous récompenfez
Les maux que j'ai foufferts, les pleurs que j'ai verfez !
Quand je me livre entier à ce bonheur fuprême,
Qui, vous offrant à moi, me rend tout ce que j'aime,
Lorfqu'après un long-tems, le Ciel nous réunit,
Par un cruel foupçon, votre cœur me punit ?

TEGLIS.

Parjure, fur le point d'époufer Antigone,
Vous vous plaignez encor que Téglis vous foupçonne !
Et par un vain rapport, par de tendres difcours,
Vous voulez colorer vos nouvelles amours !
Mon cœur, ma main, de vous ne font pas affez dignes ;
Le trône vous oblige à des nœuds plus infignes ;
Vous avez dû céder aux douceurs de régner,
Et mon deffein n'eft pas de vous en éloigner ;
Mais j'efpérois du moins qu'avant que de fe rendre,
Votre ame.....

PYRRHUS.

A ces difcours, je n'ai pas dû m'attendre :
Hélas ! un feul moment, me fuis-je démenti !
A ce fatal hymen, avois-je confenti !

C'eſt en vain qu'entraîné par l'honneur & la gloire,
Qu'occupé quelquefois du ſoin de ma mémoire,
Du ſceptre & des grandeurs, je voyois les appas ;
Ils ébranloient mon cœur, mais ne le gagnoient pas ;
Et votre ſouvenir plus puiſſant ſur mon ame,
En revenoit bien-tôt bannir toute autre flâme.
C'eſt en vain qu'en ce jour, par un choix ſolemnel,
La Reine m'élevoit au trône paternel,
Pour mon amour, en vain je vous croyois perdue ;
Sans eſpérer qu'un jour, vous lui ſeriez rendue ;
Loin que, d'un autre hymen, j'euſſe pû me lier,
J'étois prêt à l'inſtant à tout ſacrifier :
Cet amour ſans eſpoir, mes ſoupirs, mes allarmes,
Autant que ces grandeurs avoient pour moi de charmes.
Votre cœur eſt d'un prix à qui tout doit céder,
Et ma plus grande gloire eſt de le poſſéder.
Qu'un autre déſormais obtienne la couronne ;
Qu'un autre ſoit choiſi pour l'époux d'Antigone !
De ces foibles honneurs, je ne ſuis point épris :
Grands Dieux ! vous me rendez l'adorable Téglis ;
Tous vos autres bienfaits, & tous ceux de ma mere
N'offrent plus, à mon cœur, rien qui puiſſe lui plaire.

TÉGLIS.

Pardonne à mon amour cet aveugle tranſport ;
Mon cœur s'eſt abuſé par le premier rapport.

Il ne veut déformais expier cet outrage ;
Cher Prince, qu'en t'aimant, s'il fe peut, davantage.
Cependant quel malheur me menace en ce jour !
Sort cruel ! à quels maux, réduis-tu mon amour !
Dures extrémités ! malgré notre tendreffe,
Il faut que vous donniez la main à la Princeffe,
Ou que, de la couronne, un indigne refus,
Me gardant votre foi . . . .

SCENE VIII.

OLYMPIAS, PYRRHUS, TEGLIS.

OLIMPIAS (*en entrant.*)

JE vous cherchois, Pyrrhus !
(*à part.*)
Quoi, Téglis avec lui ! la fatale entrevûe !
(*à Teglis.*)
Par quel rare bonheur, nous êtes-vous rendue ?
Que le fort, à propos, preffe votre retour !
Vous allez relever l'éclat de ce grand jour ;
Et vous ajouterez à la commune joïe,
Ce plaifir imprévû que le ciel nous envoïe.

C

TEGLIS.

Du deſtin, contre moi, ſi long-tems déchaîné,
Le barbare courroux, Madame, eſt terminé :
Je ne redoute plus ni ſes coups, ni ſa haine,
Puiſqu'enfin mon retour a pû plaire à ma Reine.

SCÉNE IX.

OLIMPIAS, PYRRHUS.

OLIMPIAS.

EH quoi, dans cet inſtant, qui doit combler vos
vœux,
Prince, faudra-t-il donc vous preſſer d'être heureux ?
Vous ne répondez rien !… ah ! diſſipez ma crainte ;
Détruiſez le ſoupçon dont mon ame eſt atteinte !
Parlez, mon fils.

PYRRHUS.

Hélas !

OLIMPIAS.

Achevez….

PYRRHUS.

Je ne puis.

OLIMPIAS.

Ah! que vous redoublez ma crainte & mes ennuis !

Expliquez-vous enfin ; c'eft trop long-tems vous taire,

PYRRHUS.

Pourquoi tant me preffer d'éclaircir ce myftere ?
Vous le pénétrez trop : Téglis eft dans ces lieux ;
Et mon cœur ....

OLIMPIAS.

Vous l'aimez !

PYRRHUS.

Je l'adore.

OLIMPIAS.

Grands Dieux !
D'un méprifable amour, vous feriez la victime !
Qu'ofez-vous avouer ? quel efpoir vous anime ?
Avez-vous oublié qu'aux pieds des faints autels,
Vous devez, à l'inftant, par des nœuds éternels,
Engager votre cœur à celui d'Antigone ?
N'eft-ce pas à ce prix que vous montez au thrône ?

PYRRHUS.

Du defir d'y monter, je ne fuis point épris,
Si ma main, avec moi, n'y peut placer Téglis :
Je fais tout mon malheur de ce vain diadême
S'il faut que je l'acquiere en perdant ce que j'aime :
Nommez qui vous voudrez à ce fublime honneur,
Et laiffez-moi du moins difpofer de mon cœur.

OLIMPIAS.

Qu'entens-je! quel langage ! ô Dieux! puis-je le croire !
Le Fils de tant de Rois démentiroit fa gloire,

Et livré, sans rougir, aux plus funestes vœux,
Feroit passer sa honte à nos derniers neveux !
Quelle tache pour moi de n'avoir pû connoître,
Qu'un lâche, de l'Epire, alloit être le maître !

PYRRHUS.

De mes feux, vainement, vous blâmez les transports,
Je tenterois, contre eux, d'inutiles efforts :
Oui, je sens que mon cœur n'a point assez de forces,
Pour combattre l'amour ; pour braver ses amorces :
Ai-je pû m'arracher à ses puissantes loix ?
Eh, quels sont les mortels toujours sourds à sa voix !
Aimer n'est point un crime ; & ce n'est qu'un hommage
Que nous rendons aux Dieux dans leur plus digne ou-
    vrage.
J'aime, c'est mon destin ; je ne puis l'éviter ;
Et cent trônes offerts ne sçauroient me tenter.

OLIMPIAS.

D'un tel aveuglement, je ne puis que te plaindre !
Mais, mon fils, en ce jour, ose un peu te contraindre ;
Paye ainsi l'amitié, qui toujours m'inspira :
Voi, de quel œil, bien-tot l'Univers apprendra
La folle passion dont ton ame est séduite :
La honte & le mépris en vont être la suite :
Voi les appas d'un trône ; une cour à tes pieds ;
Des peuples, sous tes loix, tremblans, humiliés,

Attendant leur bonheur de leur obéiffance ;
Confidére les fruits d'une augufte alliance :
Et fi tant de grandeurs ne peuvent te toucher ,
Regarde à quel objet tu daignes t'attacher.
A peine un tendre hymen auroit fuivi ta flâme ,
Que mille affreux dégoûts accableroient ton ame ;
Tu fentirois alors tout le poids de tes fers ;
Alors, tu pleurerois le fceptre que tu perds :
Il n'en feroit plus tems ; un autre en feroit maître :
Quels remords , en ton cœur , cet objet feroit naître !
Dans cet abîme affreux , pourquoi te plonge-tu ?
Ouvre les yeux , mon fils , confulte ta vertu ;
Plus il t'en coûtera pour cet effort infigne ,
Et plus, de commander , tu te montreras digne.
Mais c'eft t'en dire trop : un cœur tel que le tien
Sçaura fe dégager d'un funefte lien ;
Et fe rendra bien-tôt , rempliffant mes promeffes,
Fameux par fes hauts faits , & non par fes foibleffes.
Je te laiffe y penfer.

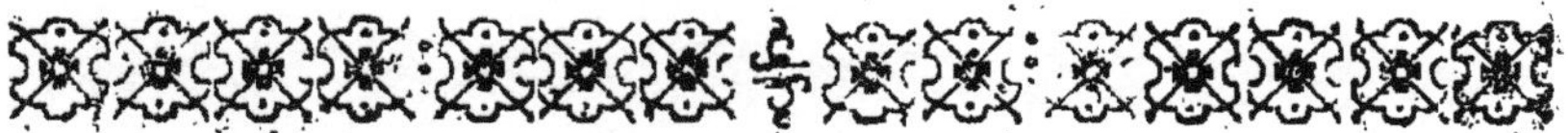

SCENE X.

PYRRHUS.

NOn, le deffein eft pris !
Puifqu'après tant de pleurs le Ciel me rend Téglis,
Ce feroit mal répondre à fa bonté fuprême
Que de lui préferer l'honneur d'un diadême.

Fin du fecond Acte.

ACTE III.

SCENE PREMIERE.

OLIMPIAS, DORIS.

OLIMPIAS.

UE dois-je faire, ô Ciel! je ne fçais où je fuis!
Et qui peut concevoir l'horreur de mes
   ennuis?
Infortuné Pyrrhus, où s'égare ton ame?
A ta gloire, à ton rang, préférer une femme!
Tout ce que je craignois, hélas! eft arrivé;
Mon fang, à cette honte, étoit-il réfervé?

DORIS.

Faut-il qu'à fa douleur, votre cœur s'abandonne?
N'êtes-vous pas maîtreffe encor de la couronne?
Si Pyrrhus, démentant la gloire de fon fang,
Ofe ainfi, pour Téglis, defcendre de fon rang,
Pour punir les tranfports dont fon ame eft charmée,
Vous pouvez . . . . .

OLIMPIAS.

Oüi, je puis couronner Ptolomée :
Je le puis, mais le dois-je ? entre dans mes projets ;
De mes craintes, Doris, voi les juftes fujets.
Je ne le nîrai point ; un penchant invincible
A rendu, pour Pyrrhus, mon ame plus fenfible ;
Sa honte cauferoit mon plus cruel ennui ;
Et mes foins les plus doux n'agiffent que pour lui.
Quoi, par un nouveau choix, approuvant fa foibleffe,
Puis-je l'abandonner à fa folle tendreffe ?
Non, Doris, mon amour ne me le permet pas.
D'ailleurs, j'allumerois la guerre en mes Etats.
Le laiffant à Téglis, l'ambitieux Softhêne
Exigeroit de lui qu'il la fît Souveraine :
Et mon choix, pour ce Prince, hautement déclaré,
Seroit, pour la révolte, un prétexte affuré.
Pyrrhus eft, dans ces lieux, plus aimé que fon frere ;
Plus que lui, complaifant, affable, populaire,
Par là, de mes fujets, il a gagné le cœur :
Softhéne, d'un feul mot, pourroit en fa faveur,
Et même, malgré lui, foulever tout l'Empire,
Et, de troubles affreux, inonderoit l'Epire.
Je ne puis prévenir les maux que je prévoi,
Qu'en obligeant Pyrrhus à dégager ma foi :
Si le même interêt l'unit avec Softhéne,
Tout eft perdu, Doris ; & ma promeffe eft vaine.

DORIS.

Cependant, si Pyrrhus s'obstine en ses refus.....

OLIMPIAS.

S'il s'obstine ? ah ! pour lors ... mais ne différons plus,
Assurons-nous d'abord de Téglis , de son pere :
Que dis-je ! il vaudroit mieux suspendre ma colére...
Oui , le Ciel me l'inspire : emploïons la douceur ;
C'est le plus sûr moyen pour s'attirer un cœur.
D'un sujet trop puissant & qui m'est redoutable,
Flattons , pour les grandeurs , la soif insatiable ;
Faisons tout pour sa fille ; & cachons mon courroux.
Il faut que Ptolomée en devienne l'époux.

DORIS.

Quoi !...

OLIMPIAS.

Pour gagner Sosthêne & vaincre un feu funeste,
Je dois tenter encor ce moyen qui me reste.
Sans doute que l'honneur, où je veux l'élever,
Comblera les desirs qui l'ont pû captiver.
Heureux Rois, que seconde un Ministre fidéle,
Qui, dans tous ses desseins, guidé par un pur zéle,
D'une injuste grandeur, fuyant le vain éclat,
Ne songe qu'au bonheur du peuple & de l'Etat ;
Que l'élévation , sans ce bien, importune ;
A qui ce bien tient lieu de trésor, de fortune,
De famille, d'honneurs, de parens & d'amis,
Et borne tous les vœux dont son cœur est épris !

Si tel étoit Sosthêne, hélas! loin de me plaindre,
D'un odieux amour, je n'aurois rien à craindre ;
Et sans être gagné par de nouveaux bienfaits,
Lui-même en préviendroit les funestes effets.
O vous, qui connoissez les motifs qui me guident,
Grands Dieux! à mes desseins que vos secours président!
Ne me réduisez pas à la nécessité,
D'avoir enfin recours à la sévérité!
    (*à Doris.*)
Va, fais venir Sosthêne :

D O R I S.

        Il s'approche, Madame.

S C E N E   I I.

O L I M P I A S,   S O S T H E N E.

O L I M P I A S.

UN plaisir imprévû vient de toucher mon ame,
    Sosthêne, en aprenant que, dans cet heureux jour,
Votre fille, en ces lieux, est enfin de retour.

S O S T H E N E.

Désarmés par les pleurs du plus malheureux pere,
Les Dieux ont appaisé leur injuste colere.

OLIMPIAS.

Pour mieux calmer vos maux, sur Téglis, & sur vous,
Je veux faire éclater mes bienfaits les plus doux.

SOSTHENE.

Que pouvez-vous encor ? votre main bienfaisante
A, depuis si long-tems, surpassé mon attente,
Qu'il ne me reste rien, Madame, à desirer.

OLIMPIAS.

Non, non, j'ai trop peu fait : je veux le réparer.
Je dois récompenser la valeur & le zéle
D'un sujet vertueux, à son devoir fidéle.
La plus haute vertu, pour l'homme, est un devoir,
Les Dieux daignent pourtant épuiser leur pouvoir,
A rendre heureux, un jour, le mortel qui s'y livre :
Cet exemple des Dieux, les Rois doivent le suivre.
Heureuse, de pouvoir payer avec éclat,
Vos soins & vos travaux pour le bien de l'Etat !

SOSTHENE.

Ah ! Madame....

OLIMPIAS.

Pyrrhus succede à la couronne,
Et doit, en cet instant, épouser Antigone :
Un fils me reste encor ; je le donne à Téglis ;
De ce que je vous dois, voilà le digne prix :
Je ne puis trop permettre à ma reconnoissance ;
Et je ne puis, trop haut, mettre la récompense.

SOSTHENE.

Je vois, avec transport, cet excès de bonté;
Et, d'un honneur si grand, mon cœur est trop flatté :
Plus il est éclatant, plus je me sens confondre;
Madame, à vos bienfaits, comment puis-je répondre?

OLIMPIAS.

En imposant silence à de funestes feux :
Jusqu'au cœur de Pyrrhus, Téglis porte ses vœux.

SOSTHENE.

Téglis! que dites-vous?

OLIMPIAS.

         Que prétend son audace?
Veut-elle que Pyrrhus, sur le trône, la place?
Veut-elle qu'il renonce à l'honneur d'être Roy?
Car enfin vous sçavez ce qu'exige ma foy;
Puis-je....

SOSTHENE.

         Ne craignez rien d'un amour téméraire;
Je suis sujet, Madame, avant que d'être pere :
De Pyrrhus, de l'Etat, la gloire & le bonheur,
Même contre mon sang, l'emportent dans mon cœur.
Son ame, pour ce Prince, est en vain enflâmée,
Ma fille recevra la main de Ptolomée.

OLIMPIAS.

A s'élever trop haut l'on risque d'échouer :
Mais, d'un si grand bienfait, elle doit se louer.

Et vous-même, voyez si jamais les Monarques,
Plus loin, de leur estime, ont sçû porter les marques;
Et si quelque sujet, par degrés élevé,
A ce comble de gloire, est jamais arrivé ?
De mon affection, cette preuve nouvelle,
Sosthêne, doit du moins redoubler votre zéle.

SCENE III.

SOSTHENE *seul*.

MA fille aime Pyrrhus ! à ce superbe amour,
Je reconnois le sang qui lui donna le jour !
Le plus flateur espoir.... mais en est-elle aimée ?
Puis-je en douter ? la Reine en est trop allarmée.
Je lis dans tes desseins, perfide Olimpias,
Et tous tes vains détours ne m'abuseront pas :
J'ouvre les yeux enfin : ce fut par ta furie,
Que, si cruellement, Téglis me fut ravie;
Et tu crois aujourd'hui, par ta feinte bonté,
Appaiser la fureur de mon cœur irrité ;
Et, pour un foible honneur, que Sosthêne abandonne,
Le désir de placer sa fille sur le trône ?
Non, non, j'ai trop souffert : tu m'as trop outragé;
D'un affront si sanglant je dois être vengé.

De tes lâches soupçons, Téglis fut la victime;
L'amour nous vengera, si l'amour fut son crime:
Dissimulons pourtant, & cachons-nous si bien,
Que, de nos soins secrets, l'on ne soupçonne rien:
Trompons même Téglis; pénétrons dans son ame;
Que l'hymen projetté desespére sa flâme:
Mettre obstacle à l'amour, c'est lui prêter des feux;
C'est plus étroitement en resserer les nœuds.

SCENE IV.

SOSTHENE, TEGLIS.

SOSTHENE.

APprochez-vous, Téglis, que me fait-on entendre?
A l'amour de Pyrrhus, vous oseriez prétendre?
Et, sans l'aveu d'un pere, engageant votre foi,
Vous pourriez aspirer au cœur de votre Roi?

TEGLIS.

Je ne le puis nier : pouvois-je m'en deffendre?
Si, vers moi, de Pyrrhus, les vœux daignent descendre,
Mon cœur peut-il, Seigneur, ne les pas approuver;
Les miens doivent-ils pas jusqu'à lui s'élever?

SOSTHENE.

Non, le sang d'un sujet, quelque beau qu'il puisse être,
Est trop vil pour s'unir à celui de son maître.

La Reine cependant, par son affection,
Permet encor assez à votre ambition :
Toujours, de mes travaux, de mes soins, plus charmée,
Elle vous veut, ma fille, unir à Ptolomée.
Etouffez donc enfin un téméraire amour ;
Je l'ordonne ; & songez qu'il vous faut, en ce jour,
Relever votre sort par cet hymen auguste.

SCENE V.

TEGLIS *seul.*

AH ! que m'ordonnes-tu, barbare! .... pere injuste,
De quel plus rude coup, pouvois-tu m'accabler ;
De l'exil, des dangers, je n'avois pû trembler ;
Mais, Dieux ! en ce moment, mon ame intimidée,
De ce fatal hymen, ne peut souffrir l'idée !
Grands Dieux ! quand, dans les flots, j'allois trouver
  la mort,
Pourquoi vous opposer à la rigueur du sort ?
Il m'eût été plus doux de perdre alors la vie,
Que d'être en proïe aux maux dont je suis poursuivie.
Je le voi trop, Pyrrhus, je ne puis être à toi :
Tout, jusqu'à mon amour, m'en impose la loi :
Hélas ! j'aimerois peu, je serois trop cruelle,
Si je te laissois perdre un trône où l'on t'appelle.

SCENE VI.

PYRRHUS, TEGLIS.

PYRRHUS.

ENfin, belle Téglis, de l'amour de Pyrrhus,
Et de son changement, vous ne vous plaindrez plus :
Mes feux ont éclaté même aux yeux de la Reine ;
Elle m'offroit envain la grandeur souveraine ...

TEGLIS.

Qu'avez-vous fait, Seigneur ?

PYRRHUS.

Quoi, vous me condamnez ?

TEGLIS.

Ah ! songez aux honneurs que vous abandonnez !

PYRRHUS.

Quel langage nouveau me faites-vous entendre !
Votre amour seroit-il plus timide, ou moins tendre ?

TEGLIS.

Pourriez-vous le penser ! mon cœur n'a pas changé ;
Et sous les mêmes loix, il est toujours rangé ;
Toujours tout mon bonheur & ma plus douce envie
Sont de vous consacrer tous les jours de ma vie.
Mais quand votre intérêt s'oppose à tous mes vœux,
Ce cœur tendre doit-il n'être plus généreux?

Si tantôt, à vos yeux, allarmée, inquiette,
Je n'ai pû déguiser une crainte secrette ;
Si je vous reprochois votre manque de foi,
Ma tendresse, pour lors, ne regardoit que moi.
Voulez-vous que, pour prix d'une flâme si belle,
Je souille votre nom d'une tache éternelle ?
Que, d'un tel sentiment, mes vœux font éloignés !
Aimez-moi, je l'exige ; aimez-moi ; mais régnez.

PYRRHUS.

Non non, sur votre cœur tout mon bonheur se fonde ;
J'aime mieux l'obtenir que l'empire du Monde.

TEGLIS.

Que ces tendres discours, en des tems plus heureux,
Ranimeroient, Seigneur, & combleroient mes vœux!
Mais enfin, trop long-tems, c'est vous laisser séduire ;
C'est trop croire un espoir qui ne peut que vous nuire ;
Nous ne vivrons jamais dans un même lien ;
L'hymen n'unira point votre sort & le mien ;
Il faut nous séparer ; hélas ! tout le demande ;
Votre gloire l'attend ; mon devoir le commande.

PYRRHUS.

Eh! l'amour connoît-il une gloire, un devoir,
Qui ne doive, Téglis, céder à son pouvoir!
Cependant, à mes vœux, quel devoir vous arrache ?

TEGLIS.

O Dieux ! au sort d'un autre, on veut que je m'attache ;

Vous seul, montant au trône, au lieu d'y renoncer,
De ce cruel devoir, pourrez me dispenser.

PYRRHUS.

Ah ! sans former des nœuds que mon ame déteste,
Je sçaurai m'opposer à ce projet funeste !
Et quel heureux mortel doit être votre époux ?
Quel ordre, quel pouvoir, qui dispose de vous ?

TEGLIS.

Un pouvoir légitime ; & la Reine, & mon pere ;
Ils m'ordonnent, tous deux, d'épouser votre frere.

PYRRHUS.

Ptolomée ! ah, grands Dieux !... quel soupçon.. frere
    ingrat,
Quoi, contre mon amour, un si noir attentat,
De ma tendre amitié, seroit la récompense ?
Ne crains-tu pas l'effet de ma juste vengeance ?
Mais pourquoi m'allarmai-je, & dequoi m'émouvoir ?
Cet hymen doit plûtôt réveiller mon espoir :
Si la Reine prétend vous accepter pour fille,
Et vous veut, en ce jour, unir à sa famille,
Ne verra t'elle pas accomplir son dessein,
Si, de l'heureux Pyrrhus, vous recevez la main ?

TEGLIS.

Cessez de vous flatter d'une espérance vaine :
La Reine, en me liant de cette auguste chaîne,
Prétend moins signaler son amitié pour moi,
Que séparer nos cœurs & vous ravir ma foi :

Par de feintes faveurs, sa colere m'accable;
Elle est, de notre amour, l'ennemie implacable :
Quelle autre a pû, Seigneur, m'enlever à vos yeux,
Et, si cruellement, m'arracher de ces lieux ?

PYRRHUS.

Ah ! si je le croïois.... Eh quoi, tout se souleve !
Parens, amis ! hélas ! .... destin barbare, acheve !
Viens, contre nous, encor armer tout l'Univers ;
Viens épuiser sur moi la rage des Enfers ;
Et m'accabler de coups encor plus redoutables !
Toujours mes sentimens seront inébranlables ;
Les malheurs augmentant accroîtront mon amour.
Tu me peux, à ton gré, cruel, priver du jour ;
Mais tu ne peux jamais étouffer une flâme,
Qui seule anime, embrase & posséde mon ame.

TEGLIS.

Ah ! modérez, Seigneur, modérez ce transport ;
Hélas ! cédons plûtôt à la rigueur du sort.
De la Reine, sur moi, tomberoit la colere ;
Ah ! quelle horreur pour vous, si sa haine sévere,
En répandant mon sang, vous privoit à jamais....
Je ne crains point la mort, la vie à mes souhaits
Ne sçauroit plus, Seigneur, offrir rien d'agréable ;
Mon sort sera, sans vous, toujours plus déplorable ;
Mais n'importe, mes yeux vous verront quelquefois ;
Ils seront les témoins de vos fameux exploits ;

Tout mon cœur.... je m'égare , & mon ame étonnée....
Adieu, Prince ; fongez que , dans cette journée ,
Il vous faut, de la gloire , applanir le chemin ,
Où Ptolomée , hélas ! .... va recevoir ma main.

SCENE VII.

PYRRHUS , *feul.*

NOn , je mourrai cent fois plûtôt que de foufcrire
A ces ordres cruels que vous m'ofez prefcrire.
Hélas ! vous foupirez en me les annonçant ;
Et je vous trahirois en vous obéiffant.
Ce jour ne verra point mon hymen , ni le vôtre ,
Et je fçaurai fans doute éloigner l'un & l'autre.
Que dis-je , malheureux ! ainfi donc , dans ton cœur ,
De la gloire , l'amour demeurera vainqueur !
Ah, prens enfin des foins que l'Univers contemple !
Téglis même , Téglis t'en donne un bel exemple :
Malgré fes feux pour toi , fa générofité
Lui fait, de tes projets , haïr la lâcheté.
Pourras-tu moins ! .... hélas ! cet effort admirable
La préfente , à mes yeux , encor plus adorable !
C'eft , pour mon trifte cœur , le lien le plus fort ;
Amour , pour m'accabler , c'eft ton dernier effort !

SCENE VIII.

PYRRHUS, PTOLOME'E.

PTOLOME'E.

PErmettez-moi, Seigneur ....

PYRRHUS.

Que me veux-tu , perfide ?
Eh quoi, ne crains-tu pas le tranfport qui me guide ?

PTOLOME'E.

Que vois-je?quels regards!quel nom me donnez-vous !

PYRRHUS.

Tu parois étonné d'un fi jufte courroux !

PTOLOME'E.

Puis-je ne l'être pas ! qui le rend légitime ?
Non, non, je n'ai, Seigneur, à rougir d'aucun crime.

PYRRHUS.

Tu romps, de l'amitié, le plus facré lien ;
Et ton cœur, en fecret, ne te reproche rien ?
Pourquoi diffimuler ? crois-tu que je l'ignore?
Tu prétens, à mes vœux, ravir ce que j'adore.

PTOLOME'E.

Moi !

PYRRHUS.

Vous, qui, fecondé du pouvoir fouverain,
Exigez que Téglis reçoive votre main.

PTOLOME'E.

J'ai demandé fa main! Dieux ! quelle eſt ma ſurpriſe !
D'aucun feu, pour Téglis, mon ame n'eſt épriſe ;
Autant que vous, Seigneur, j'ai lieu d'être allarmé,
Et, pour un autre objet, mon cœur eſt enflâmé :
Des charmes d'Antigone, il n'a pû ſe deffendre ;
Mais j'immolois ma flâme, & ceſſois d'y prétendre.

PYRRHUS.

Qu'entens-je ! ah ! pardonnez à mes tranſports jaloux!
Je rougis, à vos yeux, d'un aveugle courroux :
Je craignois, il eſt vrai, que Téglis, dans votre ame,
N'eût allumé, Seigneur, une trop vive flâme.
Je crois qu'en la voyant, tous les cœurs enchantés,
Comme moi, doivent être épris de ſes beautés.
Lorſque, de mes ſoupçons, vous montrez l'injuſtice,
Dans de cruels remords, j'en trouve le ſupplice ;
De mes égaremens, daignez avoir pitié,
Mon frere, je vous rends toute mon amitié ;
Mais c'eſt peu, recevez encor une couronne,
Que je ne puis payer par l'hymen d'Antigone.
Charmé que, dans mon frere, un deſtin trop fatal
Ne me préſente point un odieux rival,
Voudrois-je, pour le prix d'une amitié ſi chére
Le priver du ſeul bien capable de lui plaire?

PTOLOME'E.

Votre honneur m'eſt trop cher; je ne veux pas, Seigneur,
Sur ſes honteux débris , élever ma grandeur :
La Reine a prononcé: c'eſt vous que, pour mon maître,
Le devoir deſormais m'ordonne de connoître :
Heureux , ſi je pouvois , libre de mon amour ,
A la ſeule amitié , me livrer en ce jour ;
Si je pouvois vous voir ceint de ce diadême ,
Sans qu'il m'en dût couter le ſeul objet que j'aime.
Oui , je ne cherche pas , Seigneur, à le cacher ;
Je tremble , je frémis de me voir arracher
Un bien que ma vertu veut que je ſacrifie :
Mais je n'héſite pas , m'en coutât-il la vie.
Eh ! puiſque , du deſtin , tel eſt l'ordre ſur nous,
Que la Gloire combat nos deſirs les plus doux,
En domptant notre amour, donnons un grand exemple
Que l'Univers entier , que l'avenir contemple ;
Qu'un triomphe ſi beau , digne même des Dieux ,
Rende nos noms, mon frere, à jamais glorieux.

PYRRHUS.

Ces nobles ſentimens , que tout mon cœur admire ,
Vous rendent trop , Seigneur, digne de cet Empire.
Je brûle de les ſuivre ; & je dois l'avouer ,
De mes plus grands efforts , l'amour ſçait ſe jouer.

PTOLOMÉE.

Eh quoi, vous oseriez lui céder la victoire ?

PYRRHUS.

Est ce donc, sans retour, que j'immole ma gloire !
Si l'amour, aujourd'hui, me force à la ternir,
Quoi, par d'autres chemins, ne puis-je y parvenir ?
Ne nous reste-t-il plus d'ennemis à réduire,
De Rois à protéger ; de Tyrans à détruire !
Contre nous, l'Etolie arme encore une fois :
Quelle vaste carriere à d'immortels exploits !
Rome, la fiere Rome, insolemment nous brave,
Et regarde un Monarque au-dessous d'un esclave :
Vengeons nos droits sacrés ; punissons son orgueil ;
Que notre bras vainqueur creuse enfin son cercueil :
Notre Ayeul commença, finissons son ouvrage ;
Faisons, avec son nom, revivre son courage.
Voilà, par quels travaux, je prétens effacer
La honte, où mon amour semble ici m'abaisser.
Les cœurs touchés des soins dont la gloire les presse
Conservent leur grandeur jusques dans leur foiblesse ;
Et vaincus, sans jamais le céder au vainqueur,
De leur chûte, souvent tirent tout leur honneur.
Non, non, l'amour envain dispose de mon ame,
Je sçaurai réparer les erreurs de ma flâme.

SCENE IX.

PTOLOMEE *seul*.

NE l'abandonnons point ; & tâchons, en ce jour,
D'accorder l'amitié, les grandeurs & l'amour.
Raison, vertu, devoir, que vous avez de charmes !
Mais qu'en un triste cœur, vous suscitez d'allarmes,
Quels combats!... ah ! peut-on payer à trop haut prix
La gloire & le bonheur de vous être soumis ?

Fin du troisiéme Acte.

ACTE IV.

SCENE PREMIERE.

SOSTHENE *seul.*

Nfin, en ma faveur, le destin se déclare ;
A seconder mes vœux, tout ici se prépare.
Je n'aurai qu'à parler ; les peuples prévenus
Couronnent aussi-tôt ma fille avec Pyrrhus.
C'est elle ! il n'est pas tems qu'à ses yeux je me montre ;
Evitons-la.

SCENE II.

SOSTHENE, TEGLIS.
TEGLIS.

S Eigneur, vous fuyez ma rencontre !
Quoi, me refusez-vous un reste d'amitié ;
Mon pere, ai-je perdu jusqu'à votre pitié ?

SOSTHENE.

Que penſez-vous, Téglis! vous m'êtes toujours chere :
Vous n'avez point perdu la tendreſſe d'un pere :
Je vous plains; je vous aime; & les Dieux ſont témoins
Que vous êtes l'objet de mes plus tendres ſoins.
Mais pourquoi, dans ces lieux, m'arrêter par vos larmes;
Et me rendre témoin de ces vaines allarmes !
Les momens me ſont chers ; je dois en profiter,
Pour vous prouver l'amour dont vous oſez douter.
D'un hymen glorieux, déja l'inſtant s'approche ;
Si je ne le hâtois, par un juſte reproche,
Vous pourriez quelque jour.....

TEGLIS.

						Et c'eſt donc là, Seigneur,
L'amour & la pitié qui touchent votre cœur !
Deſeſpérant vous-même un feu qui me dévore,
C'eſt vous ſeul qui hâtez cet hymen que j'abhorre :
Ah ! laiſſez-vous, mon pere, attendrir par mes pleurs ;
Ceſſez de mettre enfin le comble à mes malheurs.
Pyrrhus obéïra; je conſens qu'Antigone,
Plús heureuſe que moi, partage ſa couronne ;
Ce triſte hymen, par moi, lui vient d'être ordonné ;
Je ſçai trop que, pour lui, mon cœur n'étoit pas né.
N'eſt-ce donc pas aſſez de la douleur extrême,
De voir une rivale obtenir ce que j'aime ;
De le céder moi même, & le perdre à jamais ;
Voulez-vous me livrer à tout ce que je hais ?

SOSTHENE

Quoi, ma fille, est-il vrai qu'étouffant sa tendresse,
Pyrrhus consente enfin d'épouser la Princesse?

TEGLIS.

Son amour s'en étonne ; il murmure, il gémit ;
Mais, Seigneur, c'est en vain que son cœur en frémit ;
A sa gloire, à mes loix, il faut qu'il obéïsse :
Pour prix de mon amour, je veux ce sacrifice ;
Il sçait la fermeté d'un cœur tel que le mien ;
Et ne peut espérer d'unir mon sort au sien.
Pour moi, d'Olimpias, il craindra la colere ;
Il craindra que moi-même, à l'hymen de son frere,
Je n'ose, par vertu, me soumettre à mon tour.

SOSTHENE.

Ah ! s'il brûle pour vous d'un véritable amour,
Il vous garantira de la douleur mortelle.....

TEGLIS.

Hélas ! & que peut-il? la fortune cruelle
A pris soin d'épuiser sa fureur sur nous deux :
Un obstacle éternel s'oppose à tous nos vœux :
Il ne peut rien pour moi, sans offenser sa gloire ;
Sans céder à l'amour une triste victoire :
Et sa gloire, Seigneur, est trop chére à mes yeux :
Des nœuds de mon amour, c'est le plus précieux ?
S'il pouvoit la souiller, aussi-tôt, de mon ame,
Vous verriez, à jamais, s'évanouir ma flâme.

C'eſt à des cœurs communs, intereſſés, ſans foi,
D'aimer ſans nulle eſtime, & ſeulement pour ſoi ;
L'effort de la vertu, c'eſt de ſçavoir ſoi-même,
S'immoler à l'honneur de l'objet que l'on aime.
Voilà mes ſentimens : pour vous en aſſurer,
De ce fatal ſéjour, daignez me retirer :
Qu'une éternelle abſence acheve ma victoire ;
Que, de mon triſte amant, elle aſſure la gloire,
Et, pour tout dire enfin, qu'elle aſſure, en ce jour ,
Les vœux d'Olimpias, trahis par mon retour.

SOSTHENE.

Votre repos, ma fille, eſt ce que je ſouhaite :
Appaiſez vos douleurs ; vous ſerez ſatisfaite :
Allez, voyez Pyrrhus ; portez-lui vos adieux ;
Dites-lui qu'à jamais, vous partez de ces lieux :
J'y conſens.

TEGLIS.

Ah ! Seigneur, je retrouve mon pere !
Voilà, de votre amour, la marque la plus chere.
(*à part.*)
Du moins, ſi tu ne peux, cher Pyrrhus, être à moi,
Téglis ne vivra point pour un autre que toi.

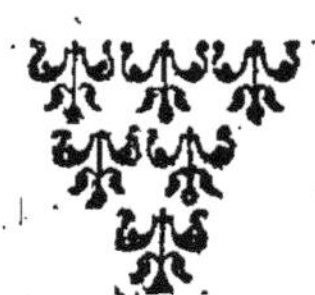

S C E N E   I I I.

SOSTHENE *seul.*

J'Engage ainfi Pyrrhus à feconder mon zéle ;
Mais fi toujours ce Prince à fon devoir fidéle,
N'ofoit... qu'en puis-je craindre ! il aime ; & dans mes
       mains ;
De fon cœur amoureux, je tiens , feul, les deftins !
Je ne prends plus fes loix ; c'eft moi qui lui commande ;
L'amour me l'affervit ; il faudra qu'il fe rende :
Je fçaurai... mais déja , lui-même vient à nous.

S C E N E   I V.

PYRRHUS, SOSTHENE.

PYRRHUS.

S Ofthêne, mon bonheur ne dépend que de vous ;
Quand , du fein paternel, Téglis fut arrachée ;
Peut-être , plus que vous , mon ame en fut touchée ;
Je vous cachois mes feux, en attendant qu'un jour,
Je fiffe , par l'hymen , éclater mon amour.
Rien ne me retient plus ; le Ciel même m'approuve ;
Tout me lie à fon fort, puifque je la retrouve

Dans le fatal moment qu'un projet inhumain
Vouloit porter ailleurs & mon cœur, & ma main.
Les Héros comme vous, dont la valeur illuftre,
Du trône de leur maître, a foutenu le luftre,
Dont les fages confeils font adorer fes loix,
Sont faits pour s'allier au fang des plus grands Rois.
A mes tendres defirs, c'eft à vous de foufcrire ;
Venez hâter les nœuds pour qui feuls je foupire.

SOSTHENE.

Que me demandez-vous ! me connoiffez-vous bien ?
Moi, je confentirois à ce fatal lien !
Je pourrois approuver une honteufe chaîne,
Qui vous fait méprifer la grandeur fouveraine ?
Non, Prince, non ; en vain, jufques au fang des Dieux,
Vous voyez remonter le fang de vos Ayeux ;
Cette haute naiffance honore peu ma fille ;
Et j'aime beaucoup mieux placer dans ma famille,
Un mortel vertueux, qui, né pour obéïr,
Mais, des feules grandeurs, fe laiffant éblouir,
Montreroit des vertus dignes du diadême,
Qu'un Prince, qui, formé pour cet honneur fuprême,
Par un aveugle amour, a démenti fon fang,
Et, pour une maîtreffe, abandonne fon rang.
Je connois mon devoir ; & dès cette journée,
Téglis fera, de vous, à jamais éloignée :
Votre gloire l'ordonne ; adieu, Prince.

PYRRHUS.

Arrêtez :
Pourquoi vous armez-vous de tant de cruautés ?
En croirez-vous toujours une vertu farouche ?
Barbare, mon amour n'a-t il rien qui vous touche ?

SOSTHENE.

Aux sentimens humains, mon cœur n'est point fermé,
J'excuse des transports qui vous ont trop charmé ;
Mais ce qu'exige ici votre gloire & la mienne,
L'emporte dans mon cœur sur une pitié vaine.

PYRRHUS.

Eh ! quoi, ne peut-on plus être grand sans régner ;
Et, pour y parvenir, faut-il tout dédaigner ?
La fiere ambition n'est-elle plus un vice ;
Dois-je, de mon amour, lui faire un sacrifice ?

SOSTHENE.

Est-ce être ambitieux que soutenir son rang ;
Que défendre les droits que nous donne le sang ?
Ce soin est, d'un grand cœur, la plus illustre marque ;
Regner est un devoir pour le fils d'un Monarque :
Plûtôt que de céder le trône, il doit mourir ;
La honte est d'en descendre & non pas d'y périr.
Voilà les sentimens que votre ame doit suivre :
Ah ! sans plus hésiter, Seigneur, qu'elle s'y livre !

PYRRHUS.

Eh bien, Sosthêne, eh bien, je sçaurai vous montrer
Que, malgré mon amour, l'honneur peut m'inspirer !

Le

Le fier Etolien s'arme contre l'Epire;
Je vais porter la flâme au sein de son Empire;
Le vaincre, le dompter, sur ses Etats conquis,
Couronner, avec moi, l'adorable Téglis.

SOSTHENE.

Je veux que le succès réponde à l'entreprise;
Que bien-tôt l'Etolie, à vos loix, soit soumise!
Sur ce trône étranger, comment vous soutenir,
Vous, qui, de vos Etats, aurez pû vous bannir?
Devez-vous écouter ces projets téméraires!
Non, c'est un plus haut rang, c'est le rang de vos peres;
C'est un trône plus ferme, où vous devez monter;
Et la gloire & l'honneur, tout doit vous y porter.
Sans aller entreprendre une vaine conquête,
La couronne, en ces lieux, est, pour vous, toute prête;
Vous n'avez qu'à paroître, ou qu'à dire un seul mot;
Seigneur, sur votre tête, on la met aussi tôt.
Tout le Peuple est pour vous; il se plaint, il murmure;
Il veut que l'on respecte un droit de la nature:
Impatient déja de vous avoir pour Roi,
Ce n'est que de vous seul qu'il veut prendre la loi;
Ah! ne balancez point; profitez de son zéle;
Venez; vous allez voir un peuple si fidéle,
Faire éclater, pour vous, ses sentimens secrets.
Ne pensez pas pourtant que, pour mes interêts,

Ou, pour l'honneur de voir le fceptre en ma famille,
Je vienne vous preffer de couronner ma fille?
Que de plus tendres foins, m'arment pour fon fecours!
Je ne fonge, Seigneur, qu'à défendre fes jours.

PYRRHUS.

Quelle main oferoit attenter fur fa vie?

SOSTHENE.

Sur un fimple foupçon, elle vous fut ravie ;
Et quand vous fignalez l'amour le plus conftant,
Vous douteriez encor du deftin qui l'attend !
Hélas ! il eft trop vrai ; Seigneur, daignez m'en croire ;
Vous perdez à jamais Téglis, & votre gloire ;
Si vous brûlez d'unir vos jours avec les fiens,
Le trône en peut, lui feul, affurer les liens :
Si vous en defcendez, fa mort eft affurée ;
Et peut-être, déja, la Reine l'a jurée :
J'en frémis... le tems preffe ; en l'ôtant de vos yeux,
Je dois parer le coup qui l'attend en ces lieux.

PYRRHUS.

Quel trouble, en ce moment, dans mon ame, s'éléve !

SOSTHENE.

Vous tremblez du péril ! il eft tems que j'achéve,
Et ce trouble, Seigneur, m'apprend ce que je doi.

PYRRHUS.

Où fuis-je ! quelle horreur !..

SOSTHENE.

Repofez-vous fur moi.

PYRRHUS.

La Reine vient !

SOSTHENE.

O Ciel !

+++

SCENE V.

OLIMPIAS, SOSTHENE, PYRRHUS.

OLIMPIAS *au fond du Théatre.*

MA préfence les trouble *!*
Quel foupçon j'en conçois ! que ma crainte redouble !
(*à Softhêne.*)
Softhêne, eh bien, le Prince eft-il déterminé
A monter fur le trône, où je l'ai deftiné ?
Que lui confeillez-vous ?

SOSTHENE.

N'en doutez point , Madame ?
Je venois ranimer la vertu dans fon ame ;
Et je crois qu'à la gloire, il va rendre , en ce jour,
Tout ce qu'elle eft en droit d'exiger de l'amour.

OLIMPIAS.

Et Téglis?

SOSTHENE.

A mes loix, elle est prête à se rendre.

OLIMPIAS.

Il suffit.

SCENE VI.
OLIMPIAS, PYRRHUS.

OLIMPIAS.

Venez donc; c'est trop long-tems attendre;
Antigone, à l'Autel, me demande un époux;
Allons, mon fils.

PYRRHUS.

O Ciel! que me proposez-vous?

OLIMPIAS.

Quoi, rien ne pourra donc te désiller la vûe!
Sans relâche abreuvé, d'un poison qui te tue,
Insensible à mes pleurs, & sourd à mes soupirs,
Tu ne te rendras point à dé nobles desirs?
Lorsqu'avec tant d'ardeur, je travaille à ta gloire,
Toi seul, dédaignes tu le soin de ta mémoire?
(Elle regarde attentivement Pyrrhus qui paroît dans un trou-
ble extrême, & qui ne répond rien; reprenant aussi-tôt.)

C'en est trop, justes Dieux! fils indigne de moi,
Je ne te dis plus rien ; suis une infame loi :
Cours te livrer entier à la beauté fatale,
Pour qui, ton fol amour t'abaisse, te ravale ;
Va lui sacrifier ton nom, ta liberté :
Mais tremble.... je pourrois punir ta lâcheté.

PYRRHUS.

Ah ! sans que votre bouche ici me le déclare,
Je sçais trop ce que peut votre fureur barbare!
Mais si, pour m'asservir à d'odieuses loix,
Vous m'enleviez Téglis une seconde fois ;
Si vous osiez, sur elle, étendre votre haine,
Ne croyez pas qu'alors le respect me retienne ;
Je ne connoîtrois plus ni raison, ni devoir :
Vous voyez mon amour ... craignez mon desespoir.

SCENE VII.

OLIMPIAS seule.

Ou suis-je ! quelle audace ! & que viens-je d'en-
    tendre !
Est-ce Pyrrhus ; ce fils si soumis & si tendre ?
Quel démon, aujourd'hui, s'empare de son cœur ?
Peu content d'immoler sa gloire, son bonheur,

Le perfide, pour plaire à l'objet qu'il adore,
Oſeroit, en ce jour, ſacrifier encore,
Et le devoir de fils, & celui de ſujet?
Mais comment a-t-il pû découvrir mon ſecret?
Ah ! je vois qu'il eſt tems qu'éclate ma vengeance !
Trop de bonté me nuit ; puniſſons qui m'offenſe !

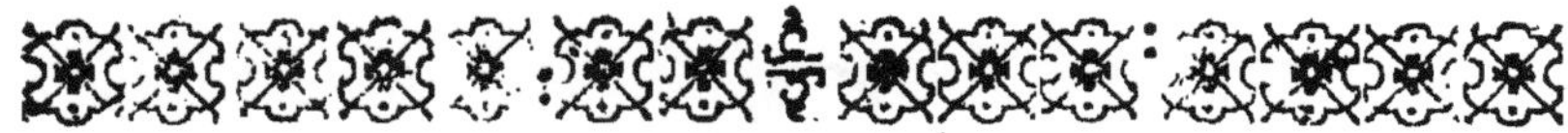

SCENE VIII.
OLIMPIAS, MITRANE.
MITRANE.

E N faveur de Pyrrhus, le peuple eſt révolté,
  Madame ; chacun s'arme, on court de tout côté :
Déja, des plus mutins, une troupe hardie,
Sur la garde du Fort, ſignale ſa furie :
Ils veulent que Pyrrhus diſpoſe de ſa foi,
Et par tout, à grands cris, on le proclame Roi :
C'eſt lui ſeul, en un mot, qu'ils demandent pour maîtr e.

OLIMPIAS.

Ah ! voilà les projets que méditoit un traître !
Ciel !... courez arrêter Soſthêne avec Téglis ;
Qu'ils ſoient chargés de fers.

SCENE IX.

OLIMPIAS, DORIS.

OLIMPIAS *pourſuivant.*

QUe m'apprens-tu, Doris?

DORIS.

Madame, à chaque inſtant, le deſordre s'augmente :
Les rebelles , par tout, ont ſemé l'épouvante ;
Bien-tôt vous n'avez plus de fidéles ſujets ;
Un gros de révoltés marche vers ce Palais ;
Softhêne eſt à leur tête, il preſſe, il les anime.

OLIMPIAS.

Softhêne ! ah ! ſur ſa fille, allons punir ſon crime ;
Frappons.

DORIS.

Il n'eſt plus tems ; ces ſoins ſont ſuperflus,
Madame, en ce Palais, déja Téglis n'eſt plus.

OLIMPIAS.

Eh bien, n'oublions rien pour découvrir l'azile,
Qui, contre elle, rendroit ma colere inutile ;
Par force, ou par adreſſe, il faut s'en emparer ;
Rien n'eſt perdu, Doris, ſi je l'en puis tirer.

E iiij

De même que son pere, un fol orgueil l'enflâme,
Allons sans perdre tems.....

　　　　　　　　D O R I S.

　　　　　　　　　　　　Ce n'est pas tout, Madame,
On dit que Pyrrhus même a joint les révoltés.

　　　　　　　O L I M P I A S.

Dieux, je ne crains plus rien; tous vos coups sont portés!
Il ne me reste plus d'espoir qu'en Ptolomée;
Pour venger nos affronts, que sa main soit armée;
Hâtons-nous d'assembler mes Chefs & mes Soldats;
Qu'ils aillent seconder les efforts de son bras.
Et vous, si ma fureur vous paroît légitime,
Dieux, qui me trahissez ! livrez-moi la victime,
Sur qui doit retomber l'éclat de mon courroux;
Que la foudre me venge, ou conduisez mes coups!

Fin du quatriéme Acte.

ACTE V.

SCENE PREMIERE,

ANTIGONE, CEPHISE.

ANTIGONE.

ON, rien ne peut calmer l'ennui qui
   me dévore ;
Tes difcours & tes foins le redoublent
   encore !
Laiffe-moi me livrer à l'horreur de mon fort ;
Ne contrains plus, Céphife, un trop jufte tranfport.
Pour tant de honte, ô Dieux ! j'étois donc deftinée !
Ainfi donc, dans le cours d'une même journée,
L'on m'arrache à jamais à l'objet de mes feux ;
Un autre, malgré moi, doit obtenir mes vœux ;
Et lorfque mon hymen lui donne un diadême,
C'eft peu que le perfide, à cet honneur fuprême,
Préfere un autre objet dont fon cœur eft épris ;
C'eft peu de m'accabler de haine & de mépris,

Sa paſſion encor juſques-là le ravale
Qu'il prétend, en ma place, élever ma rivale !
N'entends-tu pas les cris d'un peuple audacieux,
Armé pour ſoutenir ſes deſſeins odieux ?
Céphiſe, c'en eſt trop ! ſortons de cet Empire ;
A ſon triſte deſtin, abandonnons l'Epire ;
Allons, pour nous venger, ſoulever nos Etats ;
Portons le feu, le fer au ſein de ces climats ;
Que, dans des flots de ſang, s'effacent mes injures ;
Et donnons, s'il ſe peut, à trembler aux parjures !

CEPHISE.

Le peuple, pour Pyrrhus, envain eſt révolté,
Leur funeſte projet n'eſt point exécuté :
Madame, penſez-vous que la Reine y conſente ?
Croyez-vous que bien-tôt ſa vengeance éclatante
Ne diſſipera pas un complot criminel ;
Laiſſeroit-elle rompre un ferment ſolemnel !
Autant que vous, contre eux, ſa haine eſt animée ;
Vos Gardes, ſes Soldats ont ſuivi Ptolomée ;
Il fera tout pour vous, il ſçaura vous venger.

ANTIGONE.

Il ne fera peut-être, hélas ! que m'outrager.
Oui, s'il ſçavoit aimer, j'en pourrois tout attendre,
Et lui ſeul ſuffiroit, ſans doute, à me défendre ;
Mais, inutile eſpoir ! l'amour le touche peu ;
Avec quelle froideur, il immoloit ſon feu ;

Presque sans murmurer, il cédoit Antigone.
Quand un cœur tout entier, à l'amour, s'abandonne,
Ah! qu'il fait éclater de plus ardens transports!
Juges-en par Pyrrhus; regarde quels efforts
Il tente, dans l'ardeur dont son ame est charmée,
Pour couronner l'objet dont elle est enflâmée.
L'excès de cet amour irrite mon ennui;
Heureuse, si son frere aimoit autant que lui!

SCENE II.

OLIMPIAS, ANTIGONE, CEPHISE.

OLIMPIAS.

JE conçois les douleurs dont votre ame est atteinte;
Mais, Madame, calmez une inutile crainte.
Votre gloire, ma foi, tout est en sureté;
Et vous verrez bien-tôt accomplir le traité:
Toutes deux, d'un ingrat, nous sommes outragées;
Toutes deux, à la fois, nous en serons vengées.
Envain, pour assurer d'ambitieux projets,
Sosthêne a fait sortir sa fille du Palais,
Et, dans le Fort, envain sa crainte l'a cachée,
Mes Gardes l'ont surpris, & l'en ont arrachée:
Ceux qui la défendoient sont tombés sous leurs coups,
Et l'on vient de la rendre à mon juste courroux.

Je ne crains plus Pyrrhus avec un tel ôtage ;
Il ne peut, à més vœux, réfifter davantage.

ANTIGONE.

Il ne feroit plus tems : après l'indigne affront,
Dont ce Prince, en ce jour, a fait rougir mon front ,
Entre nous deux, Madame, il n'eft plus d'hymenée !
J'aime mieux retourner aux lieux où je fuis née ,
Que d'unir mon deftin à celui d'un époux ,
Qui, d'obtenir mon cœur, ne feroit point jaloux ;
Qu'un autre retiendroit dans un vil efclavage ,
Et qui m'auroit enfin pû faire cet outrage
D'aimer mieux obéir , que régner avec moi,
En un mot , fi c'eft lui qui doit devenir Roi ,
Qu'il fe livre, Madame, au feu qui le furmonte !
Je ne dois m'occuper que de cacher ma honte.

S C E N E   I I I.

OLIMPIAS *feule.*

A Ces juftes tranfports elle peut fe livrer !
Mais je verrai bien-tôt fon cœur fe raffurer,
Croit-on, lorfque je tiens fur qui punir l'offenfe,
Que je laiffe au hazard le foin de ma vengeance ?
Traîtres, bravez mes loix, revenez en vainqueurs,
Je ne redoute plus vos perfides fureurs !

SCENE IV.
OLIMPIAS, MITRANE.

OLIMPIAS.

EH bien, triomphons-nous, Mitrane? & Ptolomée...

MITRANE.

Tout succede à vos vœux, la révolte est calmée.
Le perfide Sosthêne, à grands cris, vers ces lieux,
Conduisoit fiérement un peuple furieux,
Quand Ptolomée épris d'une plus noble audace,
Et tel que le vainqueur de l'Inde, ou de la Thrace,
Paroît accompagné de vos braves Soldats,
Et, d'un traître Sujet, vient arrêter les pas.
Déja rien ne résiste à son ardeur guerriere;
Déja les plus hardis tombent sur la poussiere;
Infatigable Chef, intrépide Soldat,
Il commande partout, & partout il combat;
Il sembloit que ce Prince héritoit du courage
De ceux qu'il immoloit pour venger votre outrage;
Tant, à chaque trépas qu'il venoit de porter,
On voyoit son ardeur & sa force augmenter.
La valeur dont la gloire & le devoir sont guides
A l'avantage heureux sur celles des perfides,

Que le crime des uns fait trembler leur fierté,
Lorsque tout, des premiers, accroît la fermeté.
Sosthêne envain jadis répandoit les allarmes,
Aujourd'hui, dans ses mains, il voit briser ses armes,
Et, pour premier exploit, le plus jeune vainqueur
Charge de fers un bras qui portoit la terreur ;
Celui qui défioit la plus fiére cohorte,
Sans gloire, est ramené sous une sûre escorte.
Mais cependant Pyrrhus, à travers mille morts,
Vole, & vient, de Sosthêne, appuyer les efforts :
Il ne le trouve plus ; & sa bouillante rage
Cherche, sur Ptolomée, à venger cet outrage.
De cet affreux combat, chacun déja gémit ;
Et Peuples, & Soldats, tout tremble, tout frémit :
L'Epire, en un seul jour, craint de perdre ses Maîtres,
Et le reste du sang de leurs fameux Ancêtres.
Mais, loin de se défendre, ou d'attaquer Pyrrhus,
Celui, par qui déja les plus fiers sont vaincus,
Lui cédant, tout-à-coup, une triste victoire,
S'ouvre un nouveau chemin, pour marcher à la gloire :
Il jette son épée, & découvrant son sein,
» Frere ingrat, lui dit-il, achéve ton dessein ;
» Abreuve de mon sang la rage qui te dompte ;
» Frappe ; je t'aime trop pour survivre à ta honte ;
» Pour voir tremper tes mains dans cet auguste flanc,
» Dont nous avons tous deux succé le plus pur sang ;

» C'eſt par ce digne coup, c'eſt en perçant ton frere,
» Que ton bras doit apprendre à s'immoler ta mere.
A ces mots, il ſe tait. Immobile d'horreur,
Troublé, Pyrrhus en vain rappelle ſa fureur,
D'un plus doux ſentiment, ſon ame eſt enflâmée:
Enfin, avec tranſport, embraſſant Ptolomée:
» Quoi, vous penſez, dit-il, que Pyrrhus, de vos jours,
» Et de ceux d'une mere, oſe trancher le cours?
» Non, cher Prince, entraîné par un pouvoir funeſte...
» Faites votre devoir, je me charge du reſte,
Lui répond Ptolomée.... Alors ils n'ont ſongé
Qu'à calmer la révolte où le peuple eſt plongé.
Chacun, à leur exemple, abandonne ſes armes;
Et ce combat fatal, qui cauſoit tant d'allarmes,
Qui n'a pû, pour l'Etat, être trop redouté,
Par cet heureux retour de généroſité,
N'a fait couler enfin, que des larmes de joye.

OLIMPIAS.

Ciel !

MITRANE.

Lorſqu'à tout calmer, l'un & l'autre s'employe,
J'ai couru vers ces lieux, vous apprendre un ſuccès,
Qui nous doit, en ce jour, aſſurer de la paix.

OLIMPIAS *à part.*

A mes premiers tranſports, je me ſuis trop livrée:
Peut-être ma vengeance eſt trop bien aſſurée!

Et peut-être déja … l'on vient ! ….

(à Mitrane.)

Cours, va dire à Doris,

Que, s'il se peut encor, elle sauve Téglis.
Dis-lui que je l'ordonne.

SCENE V.

OLIMPIAS, PTOLOMÉE.

PTOLOMÉE.

ENfin tout est tranquile ;
Tout respecte vos loix , & l'Armée , & la Ville :
Et bien-tôt vous verrez tomber à vos genoux ,
Un fils respectueux , confus de son courroux.
Non , il n'attentoit point , Madame , à votre vie ;
Le Thrône n'étoit point l'objet de son envie :
Un ascendant vainqueur l'entraînoit malgré lui ;
De tout ce qu'il adore , il se rendoit l'appui.
Je réponds de son cœur ; oubliez son audace ;
Aux transports de l'amour , peut-on refuser grace ?
Il fait subir ses loix , même aux plus vertueux :
Ah ! rendez à Pyrrhus , l'objet de tous ses vœux. …

OLIMPIAS.

OLIMPIAS.

Oui, je vois qu'il eſt tems, Prince, que je lui céde,
Et ne m'oppoſe plus au feu qui le poſſéde.
Vous pouvez l'aſſurer, qu'il va revoir Téglis,
Et que tous ſes ſouhaits vont être enfin remplis.

SCENE VI.

PTOLOME'E *ſeul.*

AH ! que ce doux moment aura, pour lui, de charmes !

SCENE VII.

PYRRHUS, PTOLOME'E, IPHIS.

(Pyrrhus, en entrant, paroît agité, & fort inquiet.)

PTOLOME'E.

VEnez, Prince, venez ; banniſſez vos allarmes !
On ne met plus d'obſtacle à vos tendres ſoupirs,
Et la Reine conſent de combler vos deſirs.

PYRRHUS.

Puis je le croire, ô Ciel ! ô flateuſe eſpérance !
Que ne vous dois-je point ! quelle reconnoiſſance,
Cher Prince me pourroit....

F

SCENE DERNIERE.

PYRRHUS , PTOLOME'E , TEGLIS, *mourante, & soutenue par une Suivante & par son père,* **SOSTHENE,** *desarmé,* **IPHIS.**

PYRRHUS *appercevant Téglis , & courant à sa rencontre.*

AH! Madame, c'est vous!
Quoi, je puis me flatter du lien le plus doux ?
Mais, quelle horreur.... vos yeux ne s'ouvrent qu'a-
vec peine ! ...
Je ne vois que des pleurs !

     PTOLOME'E *à part.*

Ah *!* trop cruelle Reine *!*

     SOSTHENE, *à Pyrrhus.*

Seigneur, voilà le coup qui me faisoit frémir ;
Que tous mes soins n'ont pû parer, ni prévenir.
Le destin qui poursuit une triste famille,
Aux mains d'une inhumaine a fait tomber ma fille ;
La perfide aussi-tôt, par un poison cruel....

     PYRRHUS.

Où fuis-je ! que devien-je ! ô desespoir mortel !

TEGLIS, *à Pyrrhus.*

Cher Prince, hélas ! la mort, pour jamais nous sépare :
Je vous avois prédit qu'un destin si barbare,
Termineroit enfin un amour malheureux ;
Vous avez négligé mes conseils généreux ;
Trop prévenu pour moi, trop tendre, trop fidéle,
Aux desirs d'une mere, en ma faveur, rebelle,
Votre cœur a voulu me conserver sa foi ;
Et votre amour me perd, pour vouloir être à moi.

PYRRHUS.

Je vous perds !.. à mes pleurs, ne l'aviez-vous rendue,
Que pour la faire, ô Dieux, expirer à ma vûe !

SOSTHENE.

Si ce cruel spectacle a pû vous affliger,
Venez armer du moins mon bras pour la venger.

PYRRHUS, *à Sosthêne.*

Va, je la vengerai. Je veux que la barbare,
Pleure à jamais du coup que ma main lui prépare ?

TEGLIS.

Ah ! sur qui voulez-vous, Seigneur, venger ma mort ?
Je ne murmure point des rigueurs de mon sort.

PYRRHUS.

Oui, je veux vous venger, non en amant timide,
Qui, n'osant se frapper, deviendroit parricide,
Non en portant mes coups, sur un perfide flanc,
Où, malgré ses fureurs, j'ai puisé tout mon sang ;

Mais en fidéle amant, dont le bonheur suprême
Eſt de vivre, ou mourir avec l'objet qu'il aime.

(Il ſe tue.)

(Ptolomée fait un mouvement pour l'arrêter, mais le coup
eſt déja porté.)

T E G L I S.

Ce coup hâte ma mort !

P T O L O M E' E.

Que faites-vous, Seigneur ?

Où vient de vous porter une aveugle fureur !

S O S T H E N E.

Grands Dieux !

P Y R R H U S à Ptolomée.

Tu vas régner ....

P T O L O M E' E.

Epargnez ma tendreſſe ,

Prince trop cruel, puis-je ....

P Y R R H U S.

Ecoute, le tems preſſe :

(en donnant la main à Téglis, qui lui préſente auſſi la ſienne.)
Fais qu'un même tombeau m'enferme avec Téglis ;
Qu'après la mort du moins nous ſoyons réunis ;

(en regardant Soſthêne.)

Protége un malheureux, pour moi, trop plein de zéle ;
Avec la même ardeur, il te ſera fidéle :
Mais c'en eſt fait, je meurs .... déja je ne vôis plus ....
Adieu ... chére ... Téglis.

T E G L I S.

Adieu ... mon ... cher ... Pyrrhus.

Fin du cinquiéme & dernier Acte.

APPROBATION.

J'Ai lû par ordre de Monseigneur le Garde des Sceaux, *Téglis*, *Tragédie*, & je croi que le Public qui l'a applaudie dans les représentations, en verra l'impreſſion avec plaiſir. A Paris ce 3 Octobre 1735. DANCHET.

PRIVILEGE DU ROY.

LOUIS par la grace de Dieu Roy de France & de Navarre, à nos amez & feaux Conſeillers les Gens tenans nos Cours de Parlemens, Maîtres des Requêtes ordinaires de notre Hôtel, Grand Conſeil, Prevôt de Paris, Baillifs, Sénéchaux, leurs Lieutenans Civils & autres nos Juſticiers qu'il appartiendra, SALUT. Notre bien amé le ſieur PIERRE DE MORAND, Nous ayant fait ſupplier de lui accorder nos Lettres de permiſſion pour l'impreſſion d'une Tragédie intitulée, *Téglis*, offrant pour cet effet de la faire imprimer en bon papier & beaux caracteres, ſuivant la feuille imprimée & attachée pour modele ſous le contre-ſcel des Préſentes ; Nous lui avons permis & permettons par ces Préſentes, de faire imprimer ledit Livre cy-deſſus ſpécifié, conjointement ou ſéparément, & autant de fois que bon lui ſemblera, & de le vendre ; faire vendre & débiter par tout notre Royaume pendant le tems de trois années conſecutives, à compter du jour de la date des Préſentes : Faiſons défenſes à tous Libraires, Imprimeurs & autres perſonnes de quelque qualité & condition qu'elles ſoient, d'en introduire d'impreſſion étrangere dans aucun lieu de notre obéïſſance ; à la charge que ces Préſentes feront enregiſtrées tout au long ſur le Regiſtre de la Communauté des Libraires & Imprimeurs de Paris dans trois mois de la date d'icelles ; que l'impreſſion de ce Livre ſera faite dans notre Royaume & non ailleurs, & que l'Impétrant ſe conformera en tout aux Reglemens de la Librairie, & notamment à celui du dix Avril 1725. & qu'avant que de l'expoſer en vente, le Manuſcrit ou Imprimé qui aura ſervi de

copie à l'impreſſion dudit Livre, ſera remis dans le même état
où l'Approbation y aura été donnée, ès mains de notre très-
cher & feal Chevalier Garde des Sceaux de France le Sieur
Chauvelin ; & qu'il en ſera enſuite remis deux Exemplaires
dans notre Bibliotheque publique, un dans celle de notre
Château du Louvre, & un dans celle de notre très-cher & feal
Chevalier Garde des Sceaux de France le Sieur Chauvelin ; Le tout à peine de nullité des Préſentes : Du contenu deſ-
quelles vous mandons & enjoignons de faire jouir l'Expóſant
ou ſes ayans cauſe pleinement & paiſiblement, ſans ſouffrir
qu'il leur ſoit fait aucun trouble ou empêchement. Vou-
lons qu'à la copie deſdites Préſentes, qui ſera imprimée tout
au long au commencement ou à la fin dudit Livre, foi ſoit
ajoutée comme à l'original. Commandons au premier notre Huiſſier ou Sergent de faire pour l'exécution d'icelles
tous actes requis & néceſſaires, ſans demander autre permiſſion & nonobſtant clameur de Haro, Charte Normande
& Lettres à ce contraires ; Car tel eſt notre plaiſir. Donné à
Verſailles le vingt-ſixième jour de Septembre l'an de grace
mil ſept cens trente-cinq, & de notre Regne le vingtième.
Par le Roy en ſon Conſeil.

S A I N S O N.

*Regiſtré ſur le Regiſtre IX. de la Chambre Royale des Librai-
res & Imprimeurs de Paris, N.   fol.   conformément
aux anciens Réglemens confirmez par celui du 28 Février
1723. A Paris ce   Octobre 1735.*

G. M A R T I N, *Syndic.*

F A U T E S   A   C O R R I G E R.

Page 3. *lig.* 18. Iphis, t'en rien apprendre, *liſez* qu'on
en pût rien apprendre.
Ibid. l. 2. *d'en bas,* loin, *liſ.* ſans.
Page 4. *l.* 11. rival, *liſ.* amant.
Page 27. *l.* 6. *d'en bas,* bient fait, *liſ.* bien-fait.
Page 45. *l.* 14. tes, *liſ.* ces.
Page 47. T E G L I S *ſeul,* liſ. *ſeule.*